회사는 나를
책임져주지 않습니다

흔희 지음

출근해도 걱정 퇴근해도 걱정인 당신에게

회사는 나를
책임져주지 않습니다

bs
브레인스토어

오늘도 무거운 마음으로 출근하지만,

언젠가 웃으며 지금을 추억하게 될

님에게 드림

————————————

차례

일에 치이는
'월요일'

사람이 힘든
'화요일'

재테크하기 좋은
'수요일'

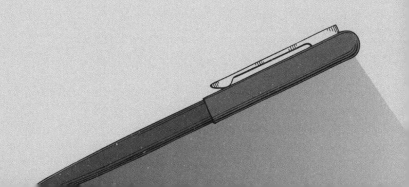

매너리즘에 빠진
'목요일'

사랑이 어려운
'금요일'

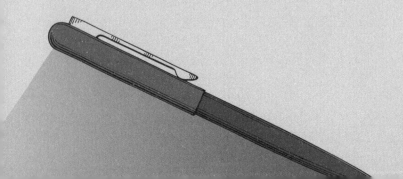

자립을 생각하는
'토요일'

인생을 고민하는
'일요일'

세상의 모든
'처음'에게

첫사랑, 첫 만남, 첫 여행······.
'처음'이 주는 느낌은 보통 달달하고 설레며 풋풋합니다.

하지만 아프고 매서웠던 '처음' 역시 있습니다.
첫 이별, 첫 실패, 그리고 첫 사회생활······.

○

대학 입학 전에 경험한 첫 사회생활이 기억납니다.

모 가수의 콘서트 스텝으로 연말 이틀 동안 일하는 단기 아르바이트였습니다. 방송계에 인맥이 있던 친구로 인해 어렵게 구한 자리였지요. 연예인도 보고 돈도 벌 수 있는 일석이조의 기회라는 생각에 굉장히 들떠있었습니다. 콘서트라는 환상도 한몫했고요. 하지만 잘못된 생각이었다는 걸 깨닫는 데까지는 그리 오래 걸리지 않았습니다. 직접 해보니 생각보다 고된 일이더군요.

오전에 출근해서 본격적인 공연이 시작되는 저녁 전까지 주로 몸 쓰는 일을 했습니다. 실내 공연장에 의자를 일정한 간격으로 세팅하고, 무대 장치를 설치하는 등의 일이었죠. 공연 시작 즈음에는 티켓팅과 문 앞 보안을 맡았으며, 그 이후에는 주로 공연장 내부에서 뒤늦게 들어오는 사람들 안내를 돕거나, 공연 관람 예절에 어긋나는 관객을 제지하는 역할을 맡았습니다. 본인 부주의로 바닥 틈새에 끼인 하이힐을 빼달라고 하는 사람, 왜 사진 못 찍게 하느냐며 욕하는 사람 등 별별 관객이 다 있었습니다.

많은 부분이 힘들었지만, 가장 힘들었던 건, 아르바이트생 관리자의 갑질이었습니다. 경호업체 직원답게 우락부락하고 체격이 남달랐던 그는, 우리를 주로 '어이'라고 부르곤 했습니다.

'어이, 여기 치워야지.'
'어이, 그쪽 아니잖아.'
'어이, 빨리빨리 좀 움직이라구.'

사소한 것까지 통제하고 트집 잡는 탓에, 다들 그가 뜨면 괜히 책잡힐까 몸을 사리곤 했죠.

허둥대며 지나간 첫날과 달리 둘째 날은 그래도 몸에 조금 익어서인지, 수월하게 움직였습니다. 그리고 어느새 공연 막바지, 애절한 발라드를 연달아 부르는 가수로 인해 공연장 분위기는 한껏 몽글몽글해 있었습니다. 객석도 평화롭고 돌출 행동을 하는 관객도 보이지 않아 저도 조금은 마음을 놓고 있었죠. 그때 평소 좋아하던 노래의 전주가 흘러나오고 은은한 조명까지 더해지자, 순간 본분을 망각하고 말았습니다. 관리자가 내내 강조했던, 스텝은 공연 무대가 아닌 관객을 주시해야 한다는 지시를 어기고 만 거죠. 저도 모르게 입을 헤 벌리고 무대를 쳐다보고 말

앉습니다. 찰나의 순간이었습니다. 그때 귀신같이 알아채고 나타난 그가, 제 옆으로 쓰윽 다가왔습니다.

"어이, 지금 공연 보러 왔어?"
"아… 저도 모르게 노래가 너무 좋아서……. 죄송합니다."
"일당 받아 가기 싫어?"
"아닙니다. 죄송합니다."
"똑바로 해 똑바로, 놀러 온 거 아니잖아 지금."

관리자는 치사하게 돈을 무기 삼아 엄포를 놓고 떠났습니다(일당은 총 근무시간을 따지면 최저임금도 안 되는 금액이었습니다). 다시 마음을 다잡고 관객석을 보는데, 갑자기 왈칵 눈물이 났습니다. 한두 방울 떨어지는 게 아니라 주룩주룩 쏟아지더군요. 평생 흘릴 눈물을 그 자리에서 다 흘린 것 같습니다. 다행히 어두운 조명에 감사하며 옷소매로 연신 눈가를 훔쳤습니다.

잠깐 무대에 시선 뒀다고 매섭게 면박 준 그가 미워서였는지, 난생처음 당해본 갑질에 서러워서였는지, 몇 푼 안 되는 돈으로 겁박당한 게 치사하고 더러워서였는지, 아니면 가수의 발라드가 너무도 애절해서였는지. 어떤 이유에서인지도 모른 채, 계속 떨어지는 눈물만 닦아낼 뿐이었죠.

아직도 매해 연말이 되면, 그해 콘서트장에서 즐거워하던 관객과 가수, 그리고 무대 뒤쪽에 우두커니 서 있던 내 모습이 떠오릅니다. 지금은 웃으며 말할 수 있는 추억 거리가 되었지만, 당시에는 왜 그리 외롭고 서러웠는지요.

이상하게 그 후로도 사회생활하며 힘든 순간이 있었지만, 그때만큼

강렬했던 기억은 없습니다. 사실 서러움의 강도로만 보자면 그보다 심한 일들이 훨씬 많았는데 말이죠. 콘서트장의 기억이 이토록 진하게 남은 이유는 생애 '처음' 돈을 벌어보았던 경험이기 때문입니다.

◯

첫사랑, 첫 만남, 첫 여행······.

생각해보면 달콤하고 설레던 '처음'도 그 이면에는 낯설고 불편한 순간이 있었습니다. 그 사이 추억은 아름답게 포장되었지만, 돌이켜보면 마냥 행복한 순간만 있던 건 아니었습니다. 이루어지지 않았던 첫 사랑, 어색했던 첫 만남, 그리고 실수투성이였던 첫 여행······.

아마도 당신의 '처음' 역시 그럴 것이라 생각합니다.

사회에 첫발을 내디뎠단 설렘도 잠시, 힘들고 당황스러운 순간과 마주하고 있을 겁니다. 밤새 온갖 걱정에 뒤척이는 날도 많을 거고요. 지금 당신이 괴로운 이유는 마음이 나약해서도 능력이 부족해서도 아닙니다. 단지, 첫 사회생활을 경험하고 있기 때문입니다. 처음 맞이하는 상황은 누구에게나 서툴고 어려우니까요.

세상의 모든 '처음'에게,
모든 것들에는 '처음'이 존재했으며,
그 자체만으로 아름답고 찬란한 것임을 전합니다.

지금 온몸으로 '처음'을 겪어내고 있는 '당신'에게,
오늘밤의 고민이 언젠가는 추억이 되고,
'맞아, 나도 한때 그랬지'라며 별일 아닌 일이 되기를 바랍니다.

월 화 수 목 금 토 일
요일은 다르지만, 하루하루 힘겨운 날들이 지나갑니다.

| 월요일,
밀려드는 전화와 이메일에 한숨 쉬며 하는 말, **"아……. 일 너무 많아."**

| 화요일,
비상계단에 앉아서 하는 생각, **'아……. 상사 때문에 퇴사하고 싶다.'**

| 수요일,
회의를 마치고 동료와 하는 말, **"월급날인데 벌써 텅장**(텅 빈 통장)**이네."**

| 목요일,
외근길 차 안에서 선배와 모처럼 한 마음, **"이놈의 회사, 그만둬 말어?"**

| 금요일,
우연히 마주친 엘리베이터 앞에서 동료가 하는 말, **"이제 남친이랑 헤어질까 봐."**

| 토요일,
부모님과 갈등 끝에 혼자 내뱉는 말, **"아……. 독립하고 싶다."**

| 일요일,
갑갑한 마음에 천장을 보며 하는 생각, **'나 이렇게 살아도 될까…….'**

일에 치이는
'월요일'

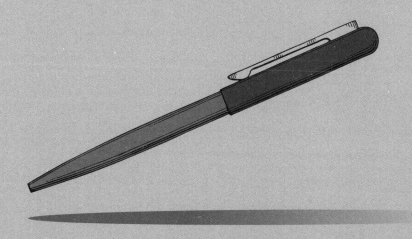

회사는 나를 책임져주지 않습니다

"대체 불가능한 존재가 돼라."

한창 자기 계발 강연에서 유행했던 메시지입니다. 대체 불가능한 존재가 되어서 누구도 나를 대체하지 못하도록 해야 한다고요. 하지만 현실적으로 대다수의 평범한 사람들은 쉽게 대체될 수 있는 존재입니다. 특히 직장인의 경우에는 동일 직무의 다른 누군가에게 대체될 수 있는 확률이 높습니다.

나는 언제든 플랜 A의 대체자가 될 수 있습니다. 회사는 내가 없을 때 대체할 플랜 A-1, A-2, A-3 등을 늘 마련해두고 있고요. 몸담은 조직에 충성만 하면 안정적으로 쭉 다니게 될 거라는 생각은 위험할 수 있습니다. 별다른 일이 없으면 정년이 보장되던 예전 세대와는 다르게, 지금은 평생직장의 개념이 사라졌기 때문입니다. 안정적인 직장이란 하나의 허상에 불과하다고 생각합니다. 대부분 회사원의 평균 재직기간이 짧은 건 물론이고, 안정적이라는 공무원조차 퇴직하면 다시 새로운 일을 고민해야 하는 게 현실이죠.

대체 불가능한 존재만 되면 조직에서 자리보전할 수 있을 것 같다는 생각에, 불안해서 여러 스펙을 쌓는 경우가 많습니다. 새벽 영어학원에 가면 아침잠을 쪼개 온 직장인이 바글바글하고, 여타 제2 외국어, 자격증 등 업무 관련된 다른 스펙도 끊임없이 쌓게 되지요.

하지만 그렇게 한다고 해서 대체 확률을 줄일 수 있을까요?

대부분 업의 구조가 유사하기에 동종업계 사람들은 비슷한 커리어 스텝을 밟아가게 됩니다. 내가 쌓아 가는 경력과 비슷한 범위 내에서 그들도 나와 같은 커리어 패스를 향해 갈 테고, 시간이 지나면 또다시 난 대체할 수 있는 사람이 되어 있겠죠.

'대체할 수 없는 사람'이라는 말 자체가 평범한 사람에게는 어불성설입니다. 그렇기에 역으로 '나는 언제든 대체될 수 있다'라는 사실을 인정하고 다음 단계로 나아가는 게 현명하다고 생각합니다. 직장도 조직의 목표 달성을 위해 날 이용하듯, 나도 커리어를 위해 직장을 이용하는 거지요. 조직에서 필요한 부분만 쏙쏙 취하고, 언제든 대체될 그 날을 위한 마음의 준비를 해두는 겁니다.

사회생활하며 유독 의지하고 따랐던 팀장님이 문득 떠오릅니다. 참대쪽 같은 성정의 분이었습니다. 팀장님은 매사에 업무와 사람을 명확히 구분하셨지요. 본인이 기분 나쁜 일이 있어도 절대 내색하지 않았고, 팀원들을 편애하거나 사사로운 감정에 휩싸여 대하지 않았습니다. 그래서인지 직장 내 괴롭힘으로 힘들던 때, 지켜만 보는 팀장님 모습이 그리 서운하진 않았습니다. 상황을 악화시킬까봐 차마 개입하진 못하지만, 걱정 어린 눈빛으로 건네는 그 마음을 충분히 이해할 수 있었으니까요. 워낙 평소에도 겉으로 꾸미는 말을 잘 못하시던 분이었습니다. 그런 분이 힘들면 언제든 찾아오라며 먼저 손을 내밀고 때로는 피로회복제까지 슬쩍 챙겨주시는데, 팀원으로서 그의 팬이 되지 않을 수 없었습니다. 끝까지 묵묵히 지켜보고 응원해주셨던 팀장님이 있었기에 힘든 시기를 버티지 않았나 싶습니다.

또한 그는 어느 순간에서도 조직이 가장 먼저인 충성스러운 직원이었습니다. 위에서 아무리 부당한 지시와 말도 안 되는 성과를 요구해도 회사란 원래 그런 곳이라며 끝까지 의무와 책임을 다해야 한다고 말씀하시곤 했습니다. 팀장님만큼 조직에 헌신하고 회사의 미래를 걱정하는 사람이 있을까 싶었고요. 상무님에게 불려가서 부하직원 보기 창피할 정도로 깨지고 돌아온 날에도, 괜찮다며 도리어 팀원들을 다독이던 분이었습니다.

그러던 어느 날, 정기 인사발령일이었습니다. 부사장님과 상무님의 알력 싸움에 휘말린 죄로, 팀장님은 한직으로 발령이 났습니다. 누가 봐도 퇴사를 종용하는 보복성 인사였죠. 팀장님이 회사에 쏟았던 애정과 헌신은 누구보다 뛰어났지만, 조직에서는 그를 한순간에 내쳤습니다. 다들 상무님을 배후로 의심했지만, 팀장님은 별다른 이의제기를 하지 않았고 담담히 상황을 받아들였습니다.

팀장님의 마지막 근무일, 팀원들끼리 모여 조촐한 파티를 하고 짐을 쌌습니다. 짐을 들어드리겠노라고 함께 내려간 주차장에서, 꾹꾹 눌러뒀던 감정이 터져버렸습니다. 회사가 너무하다고, 떠나시는 게 속상하다고, 우리 팀장님 이제 어떡하느냐며 울먹거렸습니다. 팀장님은 그런 제 어깨를 툭 치고는 피식 웃으며 말씀하셨지요.

"나 OO 회사에 스카웃 됐어. 더 좋은 데로 간다, 됐냐!"

알고 보니 팀장님은 꽤 오래전부터 이직을 위한 물밑 작업을 진행 중이었습니다. 그로 인해 경쟁사 이직이라는 와일드카드를 갖게 되었고요. 조직에서 그를 내친 결정적인 순간, 보란듯이 그 카드를 쓸 수 있었습니다. 본인을 내친 회사에 한 방 먹인 겁니다. 만약 그의 한 수 앞을 보는 혜안이 없었다면, 조직만 믿고 있다가 억울함에 가슴 치셨을 겁니다.

그날 이후, 저 역시 직장생활을 바라보는 시각에 많은 변화가 생겼습니다.

오직 회사만을 위해 헌신하고 희생해도 돌아오는 건 냉정하고 매몰찬 버려짐일 수 있다는 사실을 알게 되었지요. 조직이란 원래 그런 곳입니다. 필요성에 의해 채용하고, 더 이상 필요해지지 않으면 내칩니다. 직장만 믿고 의지하다가는 나중에 배신당할 수 있다는 얘기입니다. 맹목적으로 회사만 바라보고 모든 걸 바쳤는데 돌아오는 천대에 마음이 상해도, 이미 너무 늦은 때일 수 있습니다. 물론 직장생활의 기본도 지키지 않고 막 나가라는 얘기는 아닙니다. 어느 정도 회사에 헌신하며 일하되, 내 살길은 늘 생각해두어야 한다는 거죠. 직장은 날 책임져주지 않기 때문입니다.

내가 아니면 누가 나를 챙겨줄까요?
그 어떤 순간에서도 늘 '나'를 중심에 두셨으면 좋겠습니다.

회사를
똑똑하게
이용하세요

"회사가 아닌, 본인의 성장을 위해 일하십시오."

스타트업을 경영하는 지인이 신입사원 교육 때 늘 하는 말입니다.

그 역시 창립자이긴 하지만, 현 직장이 절대 마지막이라 생각지 않는다고 합니다.

회사를 어느 정도 성장시킨 다음에 본인도 다음 스텝으로 나아갈 생각이고, 그다음 스텝을 위해 지금의 회사를 발판 삼아 이용하는 거라고요. 이 얘기를 처음 하면 대부분의 신입사원은 고개를 갸웃한다고 합니다. 보통 회사 대표는 회사를 위해 일하라고 하지, 자신을 위해 일하라는 건 쉽게 들을 수 있는 말이 아니기 때문이지요. 저 역시 이 말을 처음 들었을 때는, 굉장히 의아했습니다. 하지만 곱씹을수록 지인이 참 현명하다는 생각이 들었습니다.

'직원의 성장 = 회사의 성장'이 되기 마련이고, 직원이 본인을 위해 일하는 것 자체가 회사의 성장을 위해 일하는 셈이니까요. 결국 직원과 회사 모두 윈-윈(win-win)할 수 있는 전략인 거죠. 혹자는 이렇게 얘기할지도 모르겠습니다. 말만 그러는 거지, 순진하게 그 말을 믿느냐고요. 하지만, 저는 이 마음가짐이 직원으로서도 유리하다고 생각합니다. 직장에서 단순히 시간만 죽이면서 내 생활을 갈아 넣을 게 아니라, 회사에서 얻을 수 있는 경험과 스펙은 최대한 취하는 자세가 장기적으로 보면 도움이 되기 때문입니다.

인사 팀원으로서 실무 면접에 참여했던 때가 기억납니다.

그날은 영업팀 신입사원 면접이 있던 날이었습니다. "면접 시작하겠습니다." 신호에 맞추어 세 명의 면접자가 줄줄이 들어왔지요. 그들은 신입사원다운 패기 있는 목소리로 인사를 한 후 자리에 앉았습니다. 그중 가장 오른쪽에 있던 면접자는 처음 들어올 때부터 남달랐습니다. 호감형에 눈빛이 강렬했던 그는, 어딘지 초조하고 불안해 보이던 다른 이들과는 달리 여유롭고 배포가 있어 보였죠. 첫인상만으로 그는 다른 면접자들보다 꽤 유리한 위치에서 면접을 시작했습니다. 이어지는 질문에서도 술술 막힘없이 자기 생각을 풀어내더군요.

시간은 흘러 어느새 면접 후반부가 되었습니다. "자, 마지막으로 본인의 꿈은 무엇인가요?" 인사팀장님의 단골 질문이 나왔고, 면접자들은 긴장한 모습으로 답변을 시작했습니다. 가장 왼쪽 면접자는 '앞에 계신 영업팀장님처럼 되어 이 한 몸 바치고 싶다'고 했고, 중간 면접자는 '오너의 마음으로 회사 성장에 기여하고 싶다'고 했습니다. 그리고 오른쪽 면접자의 차례, 내심 그가 어떻게 답할지 기대되었습니다.

"착실히 OO주식회사에서 경력을 쌓아 '우리나라 영업 일인자'가 되고 싶습니다."

예상대로, 면접은 오른쪽 면접자의 압승으로 끝이 났습니다. 진짜 그의 꿈이 우리나라 영업 일인자였는지, 단지 면접에 통과하기 위한 술수였는지는 잘 모르겠습니다. 하지만 영업 일인자가 되겠다는 말은 지원자 중 단연 돋보였습니다. 단순히 회사를 위해 일하는 게 꿈이라는 다른 면접자와 달리, 본인의 성장 비전까지 제시한 것에서 진정성이 있었기 때문입니다. 또한 그 꿈이 곧, 회사 성장으로 이어진다는 점이 플러스가 되었고요. 굉장히 영리한 답변이었다고 생각합니다.

평소 직장생활에서도 '회사의 성장 → 내 성장'이 아니라, '내 성장 → 회사의 성장'으로 포지셔닝 해놓는 작업이 필요합니다. 이왕 해야 할 일이라면 회사를 잘 되게 하기보다 내가 잘되는 방식으로, 내가 성장할 수 있는 방향으로 일해 보세요. 그 과정에서 '나를 위해 일했더니, 회사도 잘 되더라' 하는 경우는 꿩 먹고 알 먹고 인 셈이고요. 단순히 날 위해 일했을 뿐인데, 회사에서 핵심 인재로 인정받는 케이스가 꽤 많습니다.

♰

평균 수명 100세 시대이지만 정년이 보장되지 않는 요즘, 직장보다는 '업(業)'이 중요한 시대가 되었습니다. 내가 하는 일이 직장을 나가서도 경쟁력이 있는지 끊임없이 되물으셔야 합니다. 만약 경쟁력이 없다고 판단된다면, 요리조리 비틀어서 어떻게 활용할 수 있을지 고민해보는 게 좋습니다. 자신의 성장을 위해 회사를 어떻게 이용할 지 생각해보는 겁니다. 회사에서 본인의 커리어 패스에 필요한 부분을 모두 취하세요. 예를 들어 훗날 강연가로 진출하고 싶다면, 사내 강의 기회가 있을 때마다 도전해보는 것은 어떨까요? 현 직장에서 나만의 자산을 차곡차곡 쌓는다면 그다음 스텝으로 갈 때 많은 도움이 될 겁니다.

회사를 하나의 '돈 받는 교육장'으로 여겨보는 것도 좋습니다. 이는 마인드 컨트롤에 꽤 유용합니다. 귀찮은 업무를 맡아도 '다음 커리어에서 어떻게 활용할 수 있을까?'를 생각하면 그다지 괴로운 업무로 느껴지지 않지요. 인간관계에도 확장시켜 적용한다면, 어떤 진상 동료를 만나더라도 마음 수양중이라며 감정을 다스려볼 수 있습니다.

회사가 내 생활을 온통 갉아먹고 있다는 생각이 드시나요?
그렇다면 나도 회사를 똑똑하게 이용해 보는 건 어떨까요?

당신이 없어도
회사는
잘 돌아갑니다

    사회초년생 때 직장과 나를 동일시하곤 했습니다. 업무와 사생활 분리가 잘 안 되는 편이었지요. 퇴근 후 집에 돌아와서 지친 몸을 뉘어도, 미처 마무리 짓지 못한 일이 떠올라 쉬이 잠들기 힘들었습니다. 시뮬레이션 돌려보다가 문득 해야 할 일이 떠오를 때면, 새벽에도 일어나 휴대폰 메모장에 기록했습니다. 처리 못 한 업무를 휴일까지 끌고 와서 괴로워하기 일쑤였고요. 업무를 곱씹어 보다가 실수했다는 느낌이 들 때면 그 자리에서 두 눈으로 확인해야 직성이 풀렸습니다. 집에서 인트라넷 접속 후 메일을 체크 하거나 파일을 검토해보는 등 자체 잔업을 진행했지요. 외부에서 알 수 없는 상황이면 다시 회사에 가서 확인해야 마음이 놓이곤 했습니다.

    일 걱정에 자리 비우기도 쉽지 않았으며, 어렵사리 휴가를 떠나서도 쌓여 있는 업무가 떠올라 정신은 온통 회사에 가 있었습니다. 혹시나 회사 연락이 올까 봐 휴대폰에 신경을 곤두세울 정도로 예민했습니다. 대직자가 있어도 그가 일을 잘못 처리하면 어쩌나 걱정이었지요. 일의 처음부터 끝까지 모두 개입해야 안심이 되었습니다. 내가 없으면 일이 돌아가지 않으리라 생각했고요.

회사에서는 당연히 회사 생각, 회사 밖에서도 회사 생각, 놀면서도 회사 생각이었습니다. 365일 24시간 쉬지 않고 돌아가는 머리가, 이러다 뻥 터져버리는 건 아닌지 늘 걱정이었습니다. 과도한 책임감을 누구도 알아주는 이 없었고, 혼자 끙끙대는 비생산적인 일과의 반복이었지요.

그러던 어느 날이었습니다. 여름휴가를 하루 앞두고 선배에게 업무 인수인계를 진행했습니다. 해외 여행지에서 혹시나 급한 연락을 못 받을까, 걱정은 이미 한도 초과인 상태였습니다.

"아직 업체 리스트는 안 왔는데, 아마 내일 중에는 올 거니까 체크해주시면 되고요. 홈페이지에 팝업 요청한 거는 정보통신팀에 한 번 더 확인 부탁드릴게요. 박람회 건은 부스랑 현수막 시안 미리 보내뒀는데, 혹시 제가 없을 때 오면 담당자에게 전해주시면 되고요. 아차차, 다음 달 워크숍 말인데요……" 선배는 속사포처럼 이야기하는 저를 물끄러미 바라보더니, 한마디 했습니다.

"걱정하지 마. 너 없어도 회사는 잘 굴러간다."

당시에는 무심한 듯한 그 말이 살짝 서운했습니다. 내가 회사에서 별 존재감이 없다는 의미로 들렸거든요. 하지만 이제와 생각해보니, 회사 일에 지나치게 신경 쓰지 말라는 깊은 뜻이었음을 깨닫습니다. 선배의 말마따나 자리를 비운다고 큰 문제나 차질이 생겼던 적은 없었으니까요. 항상 걱정을 달고 살았던 것이 무색하게 말이죠.

내가 없어도 회사는 잘 돌아갑니다. 내가 중요하지 않아서, 내게 주어진 기대와 역할이 적어서가 아니라 조직의 메커니즘이 그렇습니다. 어느 한 사람이 없어도 잘 돌아가도록 설계가 되어 있는 거죠. 누군가 자리를 비운 사이에 문제가 생기면 어떻게든 해결되게끔 되어 있습니다. 문제는 그 자체로 정체되어 있지 않거든요. 유기체처럼 스스로 움직여서 풀리거나, 다른 누군가에 의해 처리되는 경우가 많습니다. 그렇지 않은 회사는 시스템이 잘 갖추어 있지 않은 곳이지요. 고로, 내가 없다고 회사가 안 돌아가는 건, 조직 프로세스가 잘못된 것이지 당신의 탓이 아닙니다.

직장인의 과한 주인의식은 노예근성이라는 말을 들은 적이 있습니다. 주인의식을 가지고 책임감 있게 일하는 것은 좋지만, 너무 지나치면 탈이 날 수 있다는 건데요. 필요 이상으로 회사에 얽매이거나 신경 쓰는 경우가 그렇습니다. 나를 갈아 넣어 회사를 생각하는 비뚤어진 애정이지요. 내가 맡은 일은 회사 일이지, 내 일이 아니라는 사실을 종종 잊어버릴 때가 있습니다.

장기간 해외에 다녀왔는데
대한민국은 이전과 다를 바 없을 때,

집에서 한참을 앓다가 나왔는데
세상은 너무 잘 돌아가고 있을 때,

묘한 마음이 들며 기분이 이상해집니다.

맞습니다.

세상은,

그리고 회사는,

내가 없어도 잘 돌아갑니다.

일이 일어나면,
그때
생각하면
됩니다

걱정할 거리는 항상 차고 넘칩니다. 걱정은 생각할수록 눈덩이처럼 불어나서 커지고는 하지요. 걱정하는 이유 중 대부분은 '어떠한 문제가 발생할까 봐'입니다. 하지만 그동안 걱정했던 일 중 실제로 일어난 일은 손에 꼽을 정도로 적습니다. 그마저도 걱정했던 것이 무색하게 원만히 넘어갔지요. 도대체 왜 사서 고민했던 거지 싶을 정도로 싱겁게요.

돌이켜보면 회사에서의 걱정은 '잘 해내고 싶은 마음'에서 비롯된 적이 많았습니다.

몇 년 전 직장에서 사내 강의 기회가 주어진 적이 있습니다. 강의 대상은 이제 갓 입사한 신규직원들이었죠. 차라리 외부 청중이면 나을 텐데, 아는 얼굴 앞에서 얘기하는 게 더 부담스럽더군요. 무대 공포증까지 있었기에, 강의하기 한 달 전부터 긴장으로 마음이 짓눌려있었습니다. 대학 과제 발표와는 차원이 다른 압박감이었지요. 일찌감치 강의안을 만들어두고 강의 대본도 짜두었지만, 강의일이 다가올수록 마음은 더 두근거렸습니다. 식은땀이 삐질삐질 났으며, 일은 손에 잡히질 않았습니다. 이따금 악몽도 꿨습니다. 동료들은 안타까워하고 상사는 실망하는 모습의, 보란 듯이 강의를 망치는 꿈이었죠. 강의가 다가올수록 한숨도 깊어졌습니다. 머릿속은 온통 프레젠테이션에 실패하면 어쩌나 하는 걱정으로 가득했습니다.

어느새 강의 하루 전날, 누가 봐도 음울한 기운을 내뿜고 있었습니다. 평소 '긍정맨'이라 불리던 동기가 지나가며 무슨 일 있느냐 물었지요. 내일 강의 때문에 심란해서 아무것도 손에 안 잡힌다는 제 말에, 그는 불안할 때는 뭐라도 해야 한다며 실전 대비 리허설을 하자더군요.

빈 회의실에서 동기와 리허설을 진행했습니다. 마음에 걸렸던 부분은 특히 반복해서 연습했습니다. 센스 있는 동기는 실수에 대처할 수 있는 나름의 변명거리나 농담 멘트 아이디어를 주기도 했습니다. 현장에서 나올 만한 거의 모든 반응에 대비하려 노력했지요. 연습을 거듭할수록 불안은 조금씩 가라앉더군요. 연습량에 비례하여 자신감이 차오르며, 가슴에 얹힌 돌덩이의 크기는 점점 줄어들었습니다.

드디어 강의 당일이 되었습니다. 전날 했던 연습으로 강의 자체에 대한 걱정은 안 되었지만, 또 다른 걱정이 밀려오더군요. 음향 장비가 중간에 꺼지면, PPT 파일이 갑자기 안 열리면, 포인터가 작동하지 않으면 어떡하지 등 쓸데없는 걱정은 꼬리에 꼬리를 물었습니다. 다시 심각해져 버리고 마는 제 모습에, 동기가 말했습니다.

"워워~~ 또 걱정이가 출동했네. 네가 걱정해도 일어날 일은 일어나게 되어 있어. 그냥 힘을 좀 빼고, 그 일이 일어나면 그때 생각해."

그의 말마따나 일어나지도 않은 일을 가지고 고민하고 있더군요. 차분히 마음을 가라앉히고 연단에 섰습니다. 그동안 연습한 효과인지 생각보다 만족스럽게 강의가 마무리되었지요. 당연히 미리 했던 걱정 중 어떤 일도 일어나지 않았고요.

마감 기한을 못 지키면 어떡하지
프로젝트를 망치면 어떡하지
보고서를 반려 당하면 어떡하지

걱정할 일은 여전히 곳곳에 존재합니다.

다만 예전과 달라진 점이 있다면, '~하면 어떡하지'에서 '~하려면 어떻게 해야 할까'로 생각을 바꿔보게 되었다는 겁니다. 마감기한을 맞추려면, 프로젝트를 잘 수행하려면, 보고서가 통과되려면 어떻게 해야 할까를 생각하며 방향을 전환시켜 보는 거지요. 그렇게 최대한 내가 할 수 있는 나름의 준비를 한 뒤에는, 진행되는 흐름에 일을 맡겨둡니다. 그 이후에 발생하는 문제는 그때 가서 생각하려 노력하지요.

걱정한다고 해서 일어날 일이 일어나지 않거나, 일어나지 않을 일이 일어나지는 않습니다. 일어날 수 있는 모든 리스크에 대한 대비를 하긴 어렵습니다. 물론 일의 성공을 위해서 적당한 긴장감은 필요하지만, 과도한 걱정은 불필요한 에너지 낭비일 뿐입니다.

'완벽한 일처리'에 대한 환상 역시 조금 내려놓는 게 좋다고 생각합니다. 아무리 빈틈없이 일해도, 다른 사람의 시각에서 보면 부족한 부분은 있기 마련이니까요. 상사의 조언이나 동료들의 피드백을 거쳐 비로소 일이 완성되는 경우 역시 많습니다.

원인 모를 불안감에 휩싸일 때,

일어나지도 않은 일이 걱정될 때,

이 말을 되뇌어보는 건 어떨까요?

'일이 일어나면 그때 생각하자'

실수는 누구나 합니다

지금 생각해도 등골이 서늘해지는 기억이 있습니다.

신입사원 시절이었습니다. 당시 사무실 전화 받기, 메일 보내기, 회의록 작성 등 뭐 하나 쉬운 게 없던 제게, 처음으로 중책이 주어졌습니다. 서류전형 지원자들에게 합격, 불합격 통보를 하는 일이었습니다. 팀장님이 전달해준 이력서 상단의 합격/불합격 표기를 보고, 전형 결과 리스트를 엑셀 파일로 작성한 후, 메일링 시스템에 그 파일을 넣고 문자를 전송하는 것이었습니다. 합격자에게는 면접 안내 차 전화 연락을 한 번 더 하지만, 불합격자에게는 문자 전송만 했었기에 신중히 처리해야 하는 작업이었습니다. 여러 번 확인하고 전송 버튼을 눌렀습니다. 전송 성공했다는 팝업창이 뜨고 나서, 팀장님께 보고 하기위해 자리에서 일어났습니다.

그 순간 중간쯤 있던 이력서의 라벨링 표시가 다시 눈에 들어왔습니다. 합격으로 처리해둔 라벨링 아래 작은 글씨로 불합격이라고 쓰여 있었습니다. 눈앞이 캄캄해졌습니다. 슬쩍 팀장님께 다가가 불합격이 맞는지 여쭈었지만, 결과는 달라지지 않았습니다. 힘이 풀린 다리를 이끌며 일단 자리로 돌아왔습니다. 혹시나 하는 마음에 엑셀 파일 명단에 어떻게 들어있는지 다시 한 번 확인했습니다. 그 순간은 실수해서 불합격으로 넣었기를 바라고 또 바랐죠. 하지만 이미 골백번도 더 확인했기에 그럴 리는 없었습니다. 떡하니 합격자 리스트에 들어가 있더군요. 그렇다면 문자 전송 실패일 확률에 다음 기대를 걸어보았습니다. 문자 전송 내역에도 역시나 '전송 성공'이라는 글자가 얄밉게 쳐다보고 있었습니다. 아아…… 도대체 어떻게 해야 할까, 머릿속이 헝클어졌습니다. 지나가던 선배가 왜 얼굴이 창백하느냐 물어도, 차마 말할 수가 없어서 어색한 미소만 지어 보일 뿐이었습니다. 당장 오후에 합격 통보 전화를 해야 하는데 어찌할 바를 모르겠더군요. 머릿속 회로가 멈춰버린 느낌이었습니다.

시간은 흘러 점심시간, 다들 화기애애한 식사 자리에서도 제 머릿속은 온통 그 생각뿐이었습니다. 밥은 먹는 둥 마는 둥 머리를 열심히 굴려 생각한 건,

① 지원자에게 전화를 드려 죄송하다고 싹싹 빈다.
② 일단 면접 날까지 기다린다(혹시 그분이 안 오실 수도 있으므로).
③ 팀장님에게 자백한다.

3번은 죽어도 용기가 나지 않았습니다. 입사한 지 얼마 안 됐는데 내게 실망하실까 두려웠기 때문입니다. 괜히 바쁜 팀장님에게 걱정거리 얹는 건 아닌지 싶기도 했고요(당시에 보고의 경중을 가리기가 어려웠습니다). 2번은 리스크가 컸습니다. 분명 면접 당일까지도 조마조마하며 끙끙댈 게 뻔했으니까요. 혹시나 그분이 면접에 나타나기라도 한다면 더 큰 일이었지요. 남은 선택지는 마지막 1번뿐이었습니다. 그런데 여기서도 문

제가 있었습니다. 당시 저는 사무실 전화 하나 받는 것도 능숙지 않았다는 겁니다. 늘 개미만 한 목소리로 기어들어가게 전화를 받곤 했죠. 사무실 온 직원이 내 목소리만 듣는 것 같아서 한 마디 내뱉기도 어려웠습니다. 영어로 걸려 온 전화에 당황한 나머지 그냥 끊어버린 흑역사도 있었고요.

그런 제가 지원자에게(그것도 실수해서 사죄해야 하는) 전화하기란 미션 임파서블에 가까웠습니다. 통화 내용이 모두에게 들릴 테니까요. 점심 내내 끙끙거리며 고민하다가 기가 막힌 방법 하나를 생각해냈습니다. 사무실을 나가서 제 휴대폰으로 전화를 거는 것이었지요. 지금 생각해보면 해서는 안 될 행동이었지만, 그때 실수를 들키면 안 된다는 강박에 잘못된 선택을 했습니다. 조용히 그분의 전화번호를 휴대폰에 찍고 말씀드릴 내용을 대본처럼 적은 다음, 살금살금 비상구 계단으로 나갔습니다. 그리고 주변에 아무도 없는지 확인 후, 쿵쾅대는 심장을 부여잡으며 전화를 걸었죠.

"여보세요."

"안녕하세요. OO주식회사입니다. 서류 접수를 해주셨는데 제가 실수로 합격 문자를 잘못 드려서요. 정말 죄송하지만 불합격이십니다. 죄송합니다."

아무도 없는 복도에서 연신 죄송하다며 고개를 조아렸습니다.

"그래요? 알겠습니다."

지원자는 다행히 관대했습니다. 거듭된 사과 이후에 자리로 돌아왔지만 어쩐지 찜찜한 마음은 가시질 않았죠. 그때 팀장님의 호출, 잠깐 보자며 탕비실을 손으로 가리키십니다. 졸래졸래 따라가서 탕비실 의자에 앉았습니다. 팀장님은 의미심장하게 할 말 없느냐 물어보셨죠. 순간 당황했지만 애써 감추며 고개를 떨어뜨렸습니다. 한참동안 불편한 정적이 흘렀습니다. 이제라도 말해야 하나 머릿속이 바삐 돌아가던 그때, 팀장님이 먼저 침묵을 깼습니다.

"너무 잘하려고 하면, 실수할 수 있지."

아… 역시 다 알고 계셨구나. 왠지 그 말에 마음이 편해지며 일련의 과정들을 모두 설명드렸지요. 팀장님은 그럴 줄 알았다는 표정으로, 대외적인 사안은 보고해야 했으며 지원자가 그냥 넘어가지 않았다면 일어났을 일들을 조목조목 말씀하셨습니다. 들을수록 민망함에 발끝이 오므라들었습니다. 더 이상 죄송하다는 말도 사치인 것 같았죠. 얼굴은 달아올라 점점 뜨거워졌습니다. 좀처럼 고개를 들지 못하는 제게, 팀장님은 한마디 남기시곤 자리를 뜨셨습니다.

"어깨 좀 펴, 실수하니까 신입이지. 다음에 같은 실수 안 하면 돼."

Ⓜ

그로부터 시간이 한참 흐른 지금도 실수할 때가 있습니다. 얼마 전에는 A업체에 보낼 이메일을 B업체로 잘못 보내는, 말도 안 되는 실수를 저질렀습니다. 상사에게 바로 보고한 후에 A업체에 다시 이메일을 쓰고, 잘못 보낸 B업체에는 전화를 드려 양해를 구했습니다. 신입 때도 하지 않을 실수를 하다니, 어이가 없어 헛웃음이 나더군요. 그래도 예전과 달라진 점이 있다면 실수의 사안에 따라 상사에게 보고할 것과 자체적으로 해결할 일을 판단하는 능력이 길러졌다는 겁니다. 판단한 이후에는 적합한 방법을 찾아서 빠르게 상황을 수습하려 노력하고요.

실수로 마음이 괴로우신가요?

너무 자책하지 마세요.

실수는 누구나 합니다.

세상에 완벽한 사람은 없습니다.

실수에서 배우고, 한 걸음 나아가면 됩니다.

강약
조절해서
일하기

직장에서 200% 이상의 에너지를 쏟아 붓던 때가 있었습니다. 잘 해내서 인정받고 싶었기 때문입니다. 잠시라도 긴장의 끈을 놓을 수가 없었습니다. 놓는 순간 도태될 것이라는 두려움도 있었고요. 일이 어느 정도 익숙해졌음에도 요령껏 에너지 배분하기가 어려웠습니다. 잘하고 싶은 욕심과 실수에 대한 우려 때문에 항상 긴장되어 있었습니다. 일에 모든 것을 쏟아 부어 나도 모르는 새, 번아웃이 오기도 했고요. 적당히 좀 하라는 말이 가장 어려웠습니다. 그야말로 곧이곧대로 직장 생활을 했지요. 그즈음, 요령 있게 일하기의 대가 H를 만난 건 행운이었습니다.

H는 전 직장 선임이었습니다. 부서 이동하며 인연을 맺게 되었지요. 타부서에 있을 때부터 H에 대한 소문은 익히 들었습니다. 일찍이 사내에 평판이 어마어마했거든요. 사회생활의 신이다, 일을 정말 잘한다, 고속 승진에는 이유가 있다 등 호평 일색이었죠. 일부 혹평은 여우 중의 여우다, 정도? 도대체 어떤 사람일까. 기대 반 걱정 반으로 H와의 만남을 기다렸습니다.

첫 만남에 생글생글 웃으며 악수를 청하던 H는, 확실히 친화력이 남달랐습니다. '비타민'이라는 별명답게 H가 지나가는 곳은 활력이 넘치는 공기로 달라졌지요. 눈치가 6G급으로 빨랐던 H는 팀 내 분위기를 귀신같이 훑었고, 팀장님 비위도 찰떡같이 맞췄습니다. 우연히 들른 식당에서 임원진이 식사하고 있다는 정보를 입수하고는, 직접 찾아가서 법인카드 찬스를 얻어냈던 적도 많습니다(대부분 직원은 임원들을 피하기 바쁩니다). 얼굴을 비춰 존재를 각인시키는 건 덤이었고요. 그동안 사회생활하며 만난 사람 중 가히 '사회생활의 신'이라 할 만했습니다.

직속 선임이 이렇듯 요령 있게 일한다는 건 신나는 일이었습니다. 일에 치여 머리가 지끈거릴 때면 머리 좀 식히고 오라며 자유시간을 주었고, 짬이 날 때마다 스윽 나가서 스윽 쉬고 돌아오는 고난도의 스킬을 전수해주었죠. 출장지에서도 일을 빠르게 끝낸 뒤 개인 시간을 보낼 수 있었고, 가끔 팀장님에게 잘 말해주어 이른 직퇴(외근지에서 바로 퇴근)를 선사하기도 했습니다. 남들이 볼 때는 티가 잘 안 날 정도의 아슬아슬한 느슨함이었지요.

또한 H의 행동에는 한 가지 특이점이 있었습니다. 두툼한 분량의 보고서를 일찍 끝마치고도 곧바로 보고하지 않았습니다. 일단은 묵혀둔 뒤에 데드라인 임박해서 제출하더군요.

어느 날 궁금증을 참다못해서 H에게 그 이유를 물었습니다. H는 뭘 당연한 것을 묻느냐는 듯 아무렇지 않게 대답했습니다.

"너무 빨리 끝내면 쉬운 줄 알잖아."

생각지도 못한 대답에 입이 떡 벌어졌습니다. 일을 끝내고도 미적댔던 겁니다. 때마침 울리는 벨소리, 타 부서에서 온 전화였습니다. H는 세상 간드러진 목소리로 친절하게 전화를 받습니다. 그러다가 상대측에서 무언가 불편한 요청을 했는지, 갑자기 태도를 바꾸어서 나지막하게 목소리를 깔더군요. "차장님, 저번에도 촉박하게 요청하시더니… 자꾸 이렇게 프로세스 무시하시면 저희도 곤란해요. 네, S사 리포트도 아직 작업 중입니다." 천연덕스럽게 통화하는 H를 보며 입이 또 한 번 벌어졌습니다. S사 리포트는 엊그제 이미 완성된 상태였거든요.

전화를 끊은 후 방금 통화에 대해 묻는 제게, H는 말했습니다.

"이렇게 치고 들어오는 업무, 기한 다 맞춰주면 앞으로도 그래야 한다? 초장에 길을 잘 들여야 해. 김 차장님, 저번에도 임박해서 요청하셨거든."

㋡

H는 다른 사람이 볼 때 특히 더 열심히 일했습니다. 타이트한 마감기한에 맞춰 끝내야 하는 일이 있을 때면 야근이나 주말 출근을 불사하고서라도 어떻게든 아웃풋을 내곤 했지요. 이는 근무시간과 열정이 비례한다고 생각하는 일부 상사에게 효과적으로 작용했음은 물론이고요.

업무 실적을 침소봉대하는 능력도 탁월했습니다. 성과는 아무리 작은 것이라 할지라도 포장하여 널리 널리 퍼뜨렸습니다. 상사에게는 늘 전략적으로, 때로 유쾌하게 퍼포먼스를 어필했지요. 어필이 효과가 있었는지, 부사장님이 친히 오셔서 고생한다고 격려하시기도 했습니다. 노고를 인정받아 특별 성과급을 받기도 했고요. 사실 그동안 일의 총량으로만 보자면(널널하게 했던 날을 감안하여) 이전 부서보다 여유롭게 일했건만, 어느새 주요 프로젝트에 참여하는 핵심 인재가 되어있었죠.

H는 입버릇처럼 강약 조절하며 일하라고 했습니다. 찔끔찔끔이 아니

라 필요할 땐 확실하게 '강'으로 몰아쳐야 성과가 드러난다고 했죠. 그렇다고 '강' 모드로만 굴려주면 탈이 나므로, 때로는 적당히 힘을 뺄 줄도 알아야 한다고 했습니다. 가끔은 '약' 모드로 놓아야 생산성도 나고 더 오래갈 수 있다고요.

㋡

H가 알려준 강약 스킬은 지금도 유용하게 잘 쓰고 있습니다.

직장에서 너무 진을 빼지 않고 적당히 요령 있게 일합니다. 필요할 때는 전력투구하지만, 상황에 따라 자체적으로 충전하는 시간을 두지요.

아 그리고, 가끔은 저만의 변주도 합니다.

'강 약 중강 약'으로!

우는 직원에게
떡 하나
더 줍니다

학창시절 생활통지표에 주로 적혀있던 문구는 '성실과 근면, 책임감'
이었습니다. 그렇게 살아온 습관이 직장에서도 발현되었습니다. 항상
맡은 바 임무를 충실히 수행하려 노력했지요. 어떤 일이 떨어져도 불평
불만 하는 법이 없었습니다. 업무가 과중하더라도 어떻게든 해내려 애
썼고요.

하지만 열심히 할수록 일은 더 늘어났습니다. 일을 끝내면 곧바로 다
른 일이 얹어지는 일이 비일비재했습니다. 때로는 모두 기피하는 업무
가 저에게 배정되기도 했습니다. 반면, 비슷한 시기에 옆자리 동료는 일
이 점점 덜어졌습니다. 팀장님에게 면담을 요청하여 눈물 바람으로 고
충을 털어놓았고, 퇴사하고 싶다는 얘기로 업무를 경감했다는 소식은
한참 뒤에 알게 되었습니다. 인사 불이익을 받지 않을까 했던 동료는 성
과평가에서 오히려 좋은 고과를 받았습니다. 적극적으로 R&R(업무분장)
자료까지 들이밀며 본인 업무 영역에 대해 인지시켰다더군요. 우는 소
리와 더불어 나름의 성과 어필이었던 셈입니다.

연봉 협상도 마찬가지였습니다. 회사 사정이 어렵다며 협상이 아닌

통보로 제시하는 금액에, 별다른 이의제기 없이 수긍할 때가 많았습니다. 끝까지 임금 인상을 위해 투쟁했던 동료는 1%라도 올렸다는 사실을 뒤늦게 알게 되었고요.

당시에는 좋은 게 좋은 거라고 생각했습니다. 괜히 불편한 얘기로 어색해지는 것도 싫고, 관계가 껄끄러워질까 걱정도 되어 그냥 참고 넘어가곤 했습니다. 보복인사 등 역효과가 날까 봐 두렵기도 했고요. 하지만 참으면 곧 좋은 날이 올 거라는 생각은 틀렸습니다. 당연한 권리를 내가 찾지 않으니 아무도 챙겨주지 않더군요. 나중에 잘 챙겨주겠다던 상사는 부서 이동으로 그 자리를 떠났고, 조금만 참아달라던 상사는 이직하여 그 업계를 떠났습니다.

꼭 저처럼 묵묵히 일하던 어느 선배가 있었습니다. 그는 좀처럼 감정을 드러내지 않는 조용한 사람이었습니다. 주어지는 일은 어떻게든 책임감 있게 수행하여, 상사의 신임이 두터웠지요. 그와 개인적인 얘기를 나눈 적은 별로 없었습니다. 그러던 그가 어느 날 우연히 마주친 탕비실에서(그날따라 아무도 없어서였는지) 속내를 내비쳤습니다. 과중한 업무에 지친 것 같다고, 바뀌지 않는 조직에 환멸이 난다고, 퇴사하겠다고, 이를 앙다물고 말했습니다. 그렇게 힘들면 면담 요청해 보는 게 어떠냐는 제 말에, 그런 얘기해봤자 바뀌지 않을 걸 너무 잘 안다고 하더군요. 결국 선배는 속으로만 꾹꾹 눌러 참다가 회사를 떠났습니다.

얼마 뒤 이어진 회식 자리에서 선배의 이야기가 도마 위에 올랐습니다. "왜 퇴사했대?"라며 다른 팀원들은(심지어 팀장님조차) 그가 일 때문에 힘들어했다는 사실을 몰랐습니다. 선배의 속은 곪을 대로 곪았지만 아무도 눈치 채지 못한 겁니다. 선배가 그만두기 전에 조금만 표를 냈더라면, 업무 분장을 요청했더라면, 아마 결과가 달라질 수도 있지 않았을까 생각했습니다.

문득 묵묵히 일하던 선배의 모습에서 제 모습이 겹쳐 보이더군요. 그때부터였던 것 같습니다. 회사에서 조금씩 목소리를 내기 시작했던 게요.

예전엔 약해 보이기 싫어서 무조건 참고 견뎠습니다. 하지만 이제는 객관적으로 부당한 상황에 놓이면 마냥 참지만은 않습니다. 정신건강을 위해 힘들면 힘들다고 하지요(전달 방식은 사전에 충분히 고민합니다). 약한 데 강한 척하다가 속이 문드러지는 것보다 낫다는 생각이 들더군요.

처음엔 어려웠지만, 고충을 얘기하고 나니 신세계가 열렸습니다. '그랬었나? 몰랐네. 진작 얘기해주질 그랬어'라는 반응이 나오며 더 신경 써주기도 했고, 혼자서 끙끙댔던 것이 무색하게 처우가 180도 달라지기도 했습니다. 아무 말하지 않을 땐 아무 일도 일어나지 않더니, 그래도 얘기를 하고 나니 일말의 개선 가능성이 생기더군요.

이렇게 대담하게 행동할 수 있는 건, 이 직장 아니어도 어떻게든 먹고 살 수 있다고 생각하게 되었기 때문입니다. 배포를 부리면 오히려 좋은 결과를 불러올 때가 있습니다. 힘이 덜 들어가니 업무 추진력도 높아지고, 태도에 자신감이 생기기도 합니다. 덩달아 성과도 나게 되지요. 반면 '이 직장 아니면 안 된다'는 생각이 기저에 깔려있을 때는, 사소한 일도 심각하게 느껴지곤 했습니다. 그럴수록 심리적으로 위축되어 여유 있게 행동하기가 어려워졌죠.

우리가 흔히 불합리한 일에도 꾹 참는 이유는, 내가 가진 것을 잃을까 두려워서입니다. 하지만 애초부터 내가 가진 것이 별로 없다고 생각하면(잃을 게 없다고 느끼면) 불안이 사그라듭니다. '여기 관두면 어떡하지'에서 '그만둬도 괜찮아'라고 생각하는 것은 관점만 바꾸었을 뿐입니다. 방향의 전환이 불러오는 파급력은 이래저래 효과적입니다. 실제로 그만두게 된들 그동안 마인드 컨트롤해 온 것이 있으니 데미지가 크지 않을 수 있고, 내쳐지지 않는다면 또 그런대로 잘 다니면 됩니다. 어떤 결론이든 내가 잃을 건 없죠. 단지 마음가짐만 바꿨을 뿐입니다.

㈜

연차가 늘어갈수록 '우는 아이 떡 하나 더 준다'라는 속담에 뼈저리게 공감합니다. 가만히 있으면 정말 가마니로 봅니다. 적당히 포장도 하고 우는 소리도 할 줄 알아야 한다는 걸, 매 순간 느낍니다.

**처음이 어렵지 한 번씩 자기표현에 솔직해질 때,
세상은 훨씬 살기 편해집니다.**

사회생활로
배우게 된
것들

대학 시절, 한창 아르바이트를 구하던 때의 일입니다. 지원서를 넣었던 몇 군데 중에 레스토랑에서 가장 먼저 연락이 왔습니다. 서류 전형이 통과되었으니 면접보자는 매니저의 연락이었죠. 일단 서류가 통과되었다는 사실에 뛸 듯이 기뻤습니다. 홀 서빙 파트였는데 시급이 꽤 높았거든요. 하지만 서류합격의 기쁨도 잠시, 곧 면접에 대한 부담감이 몰려왔습니다. 생애 첫 면접이라 더욱 걱정이 되더군요. 면접 경험이 있는 친구에게 조언을 구하기도 하고, 혼자서 중얼중얼 연습도 하며 며칠 동안 만반의 준비를 했습니다.

드디어 면접 당일, 바짝 얼은 상태로 레스토랑을 찾아갔습니다. 레스토랑 한 켠에서 매니저와 면접을 봤지요. 생각보다 딱딱한 분위기에 몸이 사시나무처럼 바들바들 떨렸습니다. 극도에 달한 긴장감에 동문서답을 하기도 했고요. 그렇게 면접은 끝났고, 예상대로 최종 불합격 통보를 받았습니다. 탈락했다는 사실보다 불합격 사유가 아직도 잊히지 않습니다.

"표정이 경직되어 있네요. 사람을 대하는 태도도 자연스럽지 않고요. 서비스직에 적합하지 않은 것 같습니다."

지금 생각해보면 그냥 웃어넘길 수 있는 말이었지만 당시에는 며칠 동안 곱씹을 만큼 충격이 컸습니다. 타인으로부터 받은 신랄한 비판이 익숙지 않았을 뿐더러, 생각지도 못한 부분에 대한 지적을 받으니 더 상처였던 것 같습니다. 지금까지의 삶을 잘못 살아온 건 아닌지, 내내 되짚어볼 정도였으니까요. 마치 제가 사회 부적응자인 것처럼 느껴졌습니다.

㋑

지금은 어떠냐고요?

열 번 면접 보면 여덟아홉 번은 합격할 정도로 높은 승률을 자랑합니다. 필요하다면 때로 가식적인 가면도 장착할 수 있죠. 예전 같았으면 모르는 사람에게 말을 거는 것도 굉장히 어려웠을 텐데, 지금은 먼저 다가가 얘기를 건네는 것쯤은 가뿐합니다. 그동안의 사회생활로 바뀐 건 이뿐만이 아닙니다.

첫째, 눈치가 생겼습니다. 사회생활에서 눈치는 생명입니다. 아무리 둔한 사람도 조직에 있다 보면 반강제적으로 눈치가 길러지게 되지요. 저 역시 원래 그다지 센스 있는 편이 아니었지만, 지금은 어떤 상황에서도 적절하게 대처할 수 있는 눈치가 늘었습니다. 가끔은 상대의 말투나 표정만 읽고도 어떤 생각을 하는지 알 수 있는 경지에 이르렀고요.

둘째, 요령이 늘어 융통성이 생겼습니다. 예전엔 모든 일을 매뉴얼에 따라 처리했습니다. 하지만 그럴수록 고생은 고생대로 하고, 요령이 없다는 말을 듣곤 했지요. 이제는 상황에 따라 적절히 융통성을 부릴 줄 알게 되었습니다. 그러다 보니 동일 시간 내에 처리할 수 있는 일의 양도 늘어났습니다.

셋째, 관계를 대하는 태도를 배웠습니다. 사회생활을 하다보면 사람을 대하거나 의전할 일이 많아집니다. 다양한 관계 속에서 적합한 매너를 직간접적으로 경험할 수 있지요. 비즈니스 첫 만남, 회식 자리, 외부 미팅 등에서 어떻게 행동해야 하는지, 상황에 맞는 대처법은 무엇인지 익힐 수 있게 되었습니다.

넷째, 모든 영역에서 잔기술이 늘었습니다. 사람은 주변 환경을 통해 배우며 자연스럽게 성장하기 마련입니다. 저 또한 직장에서 만난 다양한 사람들과 커뮤니케이션하며, 유용한 기술을 습득하게 되었습니다. 거절하는 법, 설득하는 법, 회유하는 법, 갈등을 해결하는 법 등도 모두 사회생활하며 익히고 터득한 부분입니다. 이러한 기술은 직장 뿐 아니라 일상생활에서도 도움이 될 때가 많습니다.

이전에 '사람을 대하는 태도가 자연스럽지 않다'라는 얘기를 들었던 저는, 그간의 조직 생활로 사회성이 많이 길러졌습니다. 그동안 거쳐 간 직장이 사회에 적합한 인간으로 단련시켜주었죠. 사람의 본성은 잘 변하지 않지만, 어느 정도의 성격과 태도는 후천적으로 만들어지고 다듬어질 수 있다고 생각합니다. 마치 다이아몬드를 세공하는 과정과 비슷한 것 같습니다. 처음 원석일 때는 울퉁불퉁했던 것이, 깔끔한 세공 기술을 거쳐 숨겨져 있던 아름다움을 뽐내는 것처럼요.

㈪

학교에서 배우지 못한 것 중 사회생활하며 배우게 된 점이 많습니다. 인간은 학교에서 한번 사회화되고, 이차적으로 일터에서 한 번 더 사회화된다고 생각합니다.

좋은 직장과 좋은 상사는 그런대로.

나쁜 직장과 나쁜 상사는 또 그런대로.

무엇 하나 버릴 것이 없는 경험이었습니다.

지나고 보니 직장은 하나의 성장 배움터였습니다.

당신은 어떠신가요,

사회생활하며 어떤 부분을 배웠나요?

먼저
퇴근해
보겠습니다

〈신입 시절, 칼퇴가 간절했던 어느 날〉

신입 때는 유독 시간이 더디 갑니다. 아직 정식으로 맡은 업무가 없고 주로 서포트를 하는지라 자료만 주구장창 읽습니다. 이미 읽은 페이지를 읽고, 또 읽고, 다시 읽으며 시간을 보냅니다. 이제는 어느 페이지에 무슨 내용이 있는지 다 외울 지경입니다. 사무실 낯선 공기에 자리는 불편하고 계속 앉아있으려니 좀이 쑤십니다. 하릴없이 퇴근 시간만 기다리지요.

시간은 어느덧 오후 5시 50분. 이쯤이면 다들 짐 싸지 않을까 싶어 주변을 둘러보는데, 아무도 갈 생각이 없는 것 같습니다. 마치 오전 10시가 아닐까 하는 생각이 드는 분위기입니다. 퇴근하라는 말을 안 하니 계속 망부석처럼 기다릴 뿐입니다. 한껏 차려입은 정장이 슬슬 불편하다는 신호를 보낼 때쯤, 내 존재를 잊은 건가 싶어 괜히 상사 근처를 얼쩡거려도 봅니다. 하지만 오후 6시가 되어도, 6시 30분이 되어도 아무도 일어나지 않습니다. 다들 일하고 있는데 나만 가겠다고 말할 수가 없습니다. 왠지 혼자 일어나기도 민망하고요. 자리에서 일어나야 하나 말아야 하나, 계속 망설이다보니 시간은 어느새 오후 7시를 향해 달려갑니다.

그때 차장님이 식사하시자며 팀장님께 권하며 일어나고, 야근하려는 몇몇 직원들이 따라나섭니다. 여전히 일하고 있는 사람들과 식사하러 일어나는 무리 사이에서 어떻게 해야 할지 망설입니다. 엉거주춤하는 제 모습에, 통로를 지나던 팀장님이 왜 아직 퇴근을 안 하느냐 묻습니다. 순간 저도 모르게 아직 볼 자료가 남았다는 말을 해버립니다. 내뱉은 말을 주워 담고 싶지만, 이미 몸은 야근 무리와 함께 식당으로 향하는 복도를 걷고 있습니다. 국밥집에 앉아서 억지로 한술 떠 넣으며 다짐합니다.

'내일은 꼭 칼퇴하리라!'

다음날, 기필코 정시 퇴근하리라는 비장한 마음으로 출근합니다. 친구와의 저녁 약속도 잡아뒀지요. 어영부영하다 오전 시간이 흘러가고, 오후 5시가 넘어가니 슬슬 야근하면 어쩌나 불안해집니다. 이미 맡겨진 일은 다 끝냈지만, 혹시나 퇴근 직전에 일이 떨어질까 걱정이 됩니다. 파티션 너머의 선임은 왠지 불안하게 눈코 뜰 새 없이 바빠 보입니다. 어느새 시간은 오후 5시 50분. 빠르게 주변을 스캔해봅니다. 또 다시 저 빼고 모든 팀원이 분주한 상황입니다. 전화통에 불이 나고, 보고서를 뒤적이며 일에 열중하는 선배들 사이에서 나갈 타이밍을 잡기가 어려워집니다. 이럴 줄 알았으면 촉박하게 약속 시간을 잡는 게 아니었는데……. 약속 장소에서 기다리고 있을 친구 생각에 마음이 조급해집니다. 고민하다가 선임에게 메신저를 보냅니다.

「말씀하신 리스트 정리해서 메일 드렸습니다. 일 많이 남으셨어요?ㅜㅜ」

「아, 퇴근 준비하세요! 제가 일하느라 깜박했네요.」

「일 아직 많이 남으셨어요? 좀 도와 드릴까요?」

그 말을 했지만 설마 정말로 도와달라면 어떡하지, 약속을 미뤄야 하나 오만가지 생각이 듭니다. 제발 괜찮다고 해라… 제발…… 제발…… 두 손 모아 메신저를 기다립니다.

그때 날아든 메시지, 괜히 긴장되는 마음에 숨을 한 번 몰아쉬고 확인합니다.

「ㅎㅎㅎ 말이라도 고맙네요, 근데 괜찮아요. 어차피 제가 다 해야
하는 일이라서ㅠㅠ」

아, 십년감수했습니다. 그래도 이 정도면 개념 있는 신입이라고 생각했겠지 싶습니다. 그래도 너무 바로 알겠다고 하면 진정성이 없어 보일까 봐, 다시 한 번 메시지를 보내봅니다.

「나눠서 하면 좀 일찍 끝날 텐데…… 같이 칼퇴하고 싶어요.ㅠ」

「알려주느라 시간이 더 걸릴걸요ㅎㅎ. 얼른 퇴근하세요.」

내심 기다리던 말이라 반가웠지만, 애써 감추며 쭈뼛쭈뼛 일어납니다. 다가오는 약속 시간에 급한 마음을 내색하지 않으려 노력합니다. 가방을 챙겨 인사하고 나가는데, 선임에게 왠지 미안한 마음이 듭니다. "저녁이라도 사다 드릴까요?"라며 건넨 제 말에, 얼른 가라고 휙휙 손짓하는 선임. 오늘은 칼퇴근에 성공합니다.

신입 시절, "먼저 퇴근해보겠습니다"라는 말을 꺼내기가 쉽지 않았습니다. 맡겨진 일을 다 했음에도 괜히 멋쩍었던 이유는, 당시 회사에서 일인분의 몫을 못 하는 것 같았기 때문입니다. 종일 한 거라곤 실수밖에 없는 주제에 퇴근하겠다고 일어나는 것이 왠지 민망스러웠달까요. 그래서 누군가 "퇴근하세요"라는 말을 해주어야 겸연쩍은 듯 일어나서 짐 챙겨 나가곤 했습니다.

퇴근하며 '도와 드릴까요'라고 묻는 말도, 순수한 선의였다기보다 의도적인 마음에서였던 적이 많습니다. 어차피 물어도 대부분 괜찮다는 답변이 돌아오리라는 걸 알고 있었고, 설사 일을 돕게 되더라도 그런 모습이 좋게 평가받는다는 걸 인지하고 있었기 때문입니다.

언젠가 일 폭탄을 맞은 선배를 위해 같이 야근한 적이 있습니다. 자료 복사 등 단순한 일을 도왔을 뿐이지만, 두고두고 고마워하더군요. 퇴사하기 전까지 그 선배에게 크고 작은 도움을 받았던 기억이 납니다.

지금도 여전히 정시 퇴근은 쉽지 않습니다. 오랜만에 칼퇴에 성공한 어느 날이었습니다. 빛의 속도로 사무실을 빠져나와 엘리베이터에 올라탔지요. 엘리베이터 안에는 전 부서에서 같이 근무했던 상사가 있었습니다. 상사는 벌써 퇴근하느냐며, 일이 요즘 한가한가보다고 비뚤하게 말했습니다. 저는 웃으며 저녁 약속이 있다고 대답했지요. 그리고는 속으로 이어 말했습니다.

'약속이 있죠. 일찍 집에 가겠다는 저와의 약속.'

연차 쓰며
눈치 보지
마세요

〈신입 시절, 연차 내기 어렵던 어느 날〉

휴가 쓰는 게 눈치 보이는 신입입니다. 연차내고 싶다고 입버릇처럼 말하면서도, 실행에 옮기지 못하는 날들의 연속이지요. 고심 끝에 휴가일을 정한 후에도 언제쯤 팀장님에게 보고할까 망설입니다. '하루 전은 너무 예의 없는 것 같고, 일주일 전엔 얘기해야 할까, 한 달 전은 오버겠지' 등 고민만 한나절입니다. 휴가 통보일을 낙점한 이후에도 말할 타이밍을 잡기란 쉽지 않습니다. '오전에 말할까, 점심 먹으면서 할까, 야근하는 저녁때는 어떨까' 등 머뭇거림의 연속이지요. 혹시나 휴가 사유를 물어보면 무어라 대답할지도 생각해둡니다.

짬 내서 말해야 하는데 웬일인지 팀장님을 뵙기가 쉽지 않습니다. 회의다 외근이다 자리를 계속 비우시지요. 너무 바쁘신데 다음에 얘기해야 하나 고민하다, 용기를 내어 일어나봅니다. 그때 걸려온 본부장님 전화, 금세 저기압이 된 팀장님 모습에 다시 마음을 접고 자리에 앉습니다. 그 뒤로도 몇 번의 기회를 노렸지만 실패하고…… 이렇게 또 하루가 흘러갑니다.

다음날 드디어 적당한 때가 왔습니다. 긴장하며 팀장님 자리로 다가갑니다. 인기척에 돌아보는 표정이 그리 좋진 않습니다. 그 모습에 잠시 갈등하며 주저하지요. 망설이는 제가 답답하다는 듯 채근하는 눈빛에, 에라 모르겠다, 개미만 한 목소리로 휴가 좀 쓰겠다고 얘기합니다. "아, 그게… 그날 병원 예약을 해둬서요. 주말에는 예약이 힘든 곳이라." 괜히 보이는 눈치에 묻지도 않은 말을 해버립니다. 알겠다는 싸늘한 목소리에 돌아서며, 왠지 휴가 얘기를 꺼내서 심기를 거스른 것 같다고 생각합니다.

'그냥 휴가를 쓰지 말 걸 그랬나…' 자리로 돌아온 뒤에도 찜찜한 마음이 가시질 않습니다. 가끔 고개를 들어 본 팀장님 표정은 여전히 좋지 않고요. 잘못한 것도 없는데 죄지은 것 같습니다. 종일 눈치를 보며 기분을 살피다가 저도 모르게 한숨을 푸욱 내쉽니다. 마침 옆에 있던 차장님이 무슨 일이냐는 듯 쓱 보시죠. 이때다 싶어 살짝 여쭤봅니다. "아무래도 지금 일이 바쁜데 휴가 쓰는 건 좀 그렇겠죠? 팀장님 기분이 계속 안 좋으시던데…" 그러자 무슨 소리냐는 듯 깔깔 웃는 차장님. "아냐, 아까 집에서 온 전화 받고 그러실걸? 뭐야, 자기 때문이라고 신경 쓰고 있었던 거야?" 순간 얼굴이 빨개지며 무안해집니다.

그랬습니다. 팀장님은 제가 휴가 쓰든 말든 별생각이 없었습니다. 괜히 혼자서 찔리는 마음에 좌불안석이었던 거죠.

月

법적으로 정해진 당연한 권리이지만 그때는 왜 그렇게 연차 쓰기가 어려웠던지요. 업무에 지장이 없다고 해도 자리를 비우는 것만으로 이유 없이 눈치가 보였습니다.

어렵사리 휴가를 낸 뒤에도, 오만 걱정이 밀려왔습니다. '이 프로젝트가 잘 마무리될까. 내가 없는 사이 무슨 일 생기는 건 아닐까.' 걱정은 꼬리에 꼬리를 물고 이어졌지요. 하지만 복귀해서 보면 무슨 일이란 일어나지 않을 때가 더 많았고, 프로젝트는 내가 없어도 다른 누군가에 의해 잘 마무리되어 있었습니다. 고민하고 걱정했던 시간이 무색하게, 아무일 없이 지나가곤 했지요.

휴가 내는 적정 타이밍은 오직 '마음먹은 지금'이라고 생각합니다.

이 프로젝트만 끝나면… 좀 바쁜 일이 지나면… 하고 미루다가는, 결국 예상치 못한 다른 이슈로 가지 못하게 됩니다.

㈜

요즘 제가 휴가 내는 방식은 이렇습니다. 하루 전쯤, 분위기 봐서 상사에게 다가가 말합니다.

"업체 제안서 받아봤는데, 영 저번만 못하더라고요. 다른 업체도 좀 봐야할 것 같아요."

"그래? 아직 시간 있으니까 여러 군데 보고 결정하지. 시간 되면 미팅 한 번 잡고."

"네, 안 그래도 다음 주에 한 군데 잡아뒀어요.
아 그리고, 저 내일 휴가 좀 쓰려고 합니다.
인수인계는 OO에게 해뒀고요. 특별한 이슈는 없습니다."

알콜 쓰레기의
회식
대처법

개인적으로 회식을 좋아하지 않습니다. 정확히 말하면 술 권하는 강제 회식을 좋아하지 않습니다. 한 잔만 마셔도 마그마처럼 온몸이 빨개지는 소위 '알쓰(알콜 쓰레기)'이기 때문입니다. 어쩌다 위계질서가 강한 조직 위주로 거치다 보니, 강제 회식이나 술을 강권하는 일을 경험할 때가 많았습니다. 주량을 좀 '노력'해서 늘려보라는 상사를 겪기도 했고요. 애초에 폭탄주와 파도타기로 충성을 맹세하는 회식이 아니라 적당히 즐기는 자리를 주로 접했다면, 회식에 이렇듯 부정적이지 않았을 거란 생각도 듭니다.

불편한 회식 자리마다 제 관심사는 크게 두 가지입니다. 하나는 '어떻게 하면 술을 덜 마실 수 있을까?', 다른 하나는 '언제 집에 갈 수 있을까?' 이지요. 사회초년생 때는 멋모르고 주는 술 다 받아 마시다가 늘 먹은 음식을 확인하는 것으로 끝내곤 했습니다. 계속 집에 못 가게 막는 상사로 인해 4, 5차 돌 때까지 잡혀있던 적도 많고요.

특히 달갑지 않는 자리에서는 앉아있는 것 자체가 고역입니다. 그 자리의 권력자에게 모든 걸 맞추다 보면 소위 '현타(현실 자각 타임)'가 올 때가 많습니다. '이 시간도 야근 수당 주셔야 하는 거 아닌가요?'라는 말이 턱 밑까지 올라오지요. 몇 차례 이어지는 술집, 노래방, 다시 해장술까지. 지친 몸으로 새벽별 보며 귀가한 적이 수두룩했습니다. 그때는 으레 그래야 하는지 알았지만, 지금 생각하면 융통성도 참 없었다 싶습니다.

연차가 쌓이면서 나름의 살기 위한 방법을 강구하게 되었습니다. 제가 주로 사용하는 '술 권하는 회식 대처법'입니다.

첫 번째, 초반에 이미지 메이킹을 잘해놓습니다. 보통 첫 술자리에서 주량을 가늠하곤 합니다. 술 잘하느냐는 질문에 어떻게 답하느냐에 따라 다음 술잔이 달라집니다. 술이 약하다는 밑밥을 깔고 나면, 강권하더라도 감안하고 잔을 채워주지요. 처음 입사한 회사에서 왠지 분위기를 맞춰야 할 것 같은(그래야 인정받을 것 같은) 생각에 무리해서 마신 적이 있는데요. 그 후로 회식 때마다 비슷한 수준을 기대해서 힘들었습니다. 한계에 다다라 더 이상 마시기 힘들 때도, 저번엔 잘 마시지 않았느냐는 상사의 말을 거역하기 어려웠고요. 초반부터 적당히 거절하면 '원래 그런 사람'으로 치부되어 버립니다. 처음에는 따가운 눈총도 받았지만, 나중엔 도리어 편해졌습니다. 시간이 지날수록 웃으면서 센스 있게 넘기는 스킬도 생겨났지요.

두 번째, '프로 회식 불참러' 스킬을 선보입니다. 예전에는 모든 회식에 빠지지 않고 참석했습니다. 왠지 불참했다가 상사에게 찍히진 않을지 걱정되기도 했고요. 하지만 밉보일까 고민했던 시간도 퇴사하고 나니 아무 부질없더군요. 환영회나 송별회, 송년회 등 굵직하고 중요한 회식은 참석하지만, 급 발생하는 회식의 경우에는 최대한 다른 이유를 핑계로 빠져나갑니다. 왜 참석 안 하느냐고 집요하게 묻는 상사에게는 주로 집안 관련 핑계를 댑니다. 개인적인 이유는 묵살 당하는 경우가 많거든요(언젠가 몸이 안 좋아서 불참한다는 얘기에, 술을 먹어야 몸이 좋아진다며 말도 안 되는 억지를 부렸던 상사가 기억납니다).

세 번째, 집에 갈 타이밍을 잘 잡습니다. 회식 자리에서 얼추 음식이 동났음에도 불구하고 자리가 파해질 기미가 안 보일 때가 있습니다. 눈치 게임처럼 언제 일어나야 하나 서로 눈빛만 주고받지요. 전부 모여 있는 자리에서 먼저 일어나기란 참 어렵습니다.

회식에서 귀가하기 가장 좋은 타이밍은 1차에서 2차, 2차에서 3차 등 차수를 넘길 때입니다. 그때 장소를 이동하며 뿔뿔이 흩어지기 때문에 자연스럽게 사라지면, 다들 기억 못할 확률이 높습니다. 대부분 만취해 있다면 더욱 효과적이고요. 웬만하면 1차 이후에 사라지는 게 좋습니다. 차수를 거듭할수록 인원수가 줄어들어서 나중에는 빠지기가 더 어렵거든요.

자연스럽게 나가기 좋은 출입문 근처에 앉거나, 미리 겉옷이나 가방을 회사에 두고 오는 것도 한 방법입니다. 상황 봐서 어수선할 때 전화하는 척 나와 버릴 수 있지요.

㋅

다음 주에도 어려운 회식 자리가 예정되어 있습니다. 이 자리는 아마 요령이 통할 것 같지 않습니다. 꼼짝없이 마셔야 하는 자리인데요. 미리 간을 보호하기 위한 스킬을 곱씹어 봅니다.

『간을 보호하기 위한 스킬』
회식 전에 숙취해소제 먹어두기
술 잘 마시는 상사로부터 멀리 떨어져 앉기
소주잔을 생수로 채워놓은 후 술잔 바꿔치기
물수건을 옆에 두고 몰래 술 적셔 버리기

통화 또는 화장실 핑계로 자리 자주 비우기

약 먹고 있다는 핑계 대기

알콜 쓰레기의 회식 대처법

애사심이 없는 이유가 있습니다

기업체 대표에게 '요즘 직원들은 애사심이 없어요'라는 말을 들을 때가 있습니다. 어려운 자리인지라 겉으로는 그 말에 적당히 동조하지만, 속으로는 다른 생각을 합니다. '애사심이 없는 이유가 있지 않을까, 조직이 괜찮다면 알아서 애사심을 가질 텐데'라고 말이죠. 애사심이 왜 없느냐는 추궁은 종종 불편하게 들리기도 합니다. 윗분들이 말하는 애사심이란 보통 '회사에 과도하게 충성하는 직원'을 의미할 때가 많기 때문입니다. 개인보다 회사를 더 중요시하라는 암묵적인 충성 강요로 느껴진달까요.

경영진은 왜 직원들이 애사심을 가지고 일하지 않을까 의아하겠지만, 직원과 입장을 바꿔 본다면 이해가 될 겁니다. 사장 주머니에 있는 돈으로 월급 주는 회사라고 가정해봅시다. 주머니에서 돈이 나가는 사람과, 그 돈을 받는 사람의 마음은 다를 수밖에 없습니다. 돈을 주는 입장에서는 어떻게든 끊임없이 굴려 아웃풋 내기를 바라지만, 돈을 받는 입장에서는 합당하게 보상 받는 만큼만 일하고 싶어집니다. 굳이 내 회사도 아닌데, 무리해서 일해야 할 필요성도 못 느끼고요. 어차피 애사심 가지고 몸 바쳐 일해 봤자, 정년까지 다니지도 못할 테니까요.

'애사심'을 유독 중시하는 회사에서 일했던 경험이 있습니다. 회사는 젊은 CEO가 이끄는 중소기업이었습니다. 대표는 열정과 혁신, 모험정신을 특히 강조했습니다. 그의 지시에 따라 전 직원은 월요일마다 한 시간씩 일찍 출근해서 회의에 참여해야 했습니다(말이 회의지 정신교육과 다름없었습니다). 회의의 주된 목표는 애사심 고취였습니다. 직원으로서 어떤 주체적인 마인드를 가져야 하고, 또 어떻게 회사에 기여해야 할지를 토론하는 자리였지요. 대표는 뭐든 허심탄회하게 회사의 문제점에 대해 이야기 해보자고 했습니다. 하지만 언행일치가 되지는 않았습니다. 누군가 바른 소리를 하면 그는 금세 얼굴이 빨개지며 불쾌해했습니다. 편하게 직원 의견을 들어 보겠다고 했지만, 아이러니하게 직원들의 생각을 얘기할수록 분위기는 딱딱하게 흘러갔고요.

누군가 아이디어를 내면 그게 실현이 가능하냐며 면박을 주기도 했습니다. 졸지에 제안자는 쓸데없는 아이디어로 시간을 낭비한 사람이 되었지요. 그런 일이 반복될수록 아이디어 낼 사람이 있을 리가 만무했습니다. 조용해진 직원들을 보며, 그는 열정이 없다고 질책했습니다. 가시방석 같은 자리에 다들 눈치 보며 어서 이 시간이 끝나기를 바랄 뿐이었죠. 아무도 아이디어를 내지 않으니 본인이 얘기할 수밖에 없다며, 회의는 보통 대표의 일장 연설로 끝나곤 했습니다. 대표는 그 회의가 직원의 애사심 고취에 기여한다고 생각했겠지만, 직원으로서는 월요일마다 받는 고문(그것도 한 시간이나 일찍 출근해서)과 다름없었습니다.

그뿐 아니라 가끔 (직원 기준에서) 굉장히 쓸데없는 프로젝트를 진행했습니다. 예를 들어 '회사를 위해 십만 원을 가치 있게 써오기', '조별로 회사의 비전을 토론하여 발표하기' 등 도대체 왜 하는지 이해가 안 되는 워크숍의 연속이었죠. 이렇듯 상당한 시간이 직원 정신교육(?)에 투입되었지만 글쎄요, 그게 얼마나 효과가 있었을까요?

대표가 강조한 만큼 경영도 혁신적이고 투명하게 이루어졌다면 좋았을 텐데, 실제 경영진의 행동은 그들이 했던 말과 너무도 달랐습니다. 직원들은 대표 앞에서 눈치를 보며 애사심이 충만한 직원 코스프레를 했지만, 뒤에서는 대표와 회사에 대한 불만을 토로하기 바빴죠. '자기나 잘할 것이지', '그 돈으로 월급이나 올려주지' 등 대표가 알았다면 기함할 일이었을 겁니다. 하지만 모르는 척했던 건지, 정말 몰랐던 건지, 대표 이하 경영진은 회사의 비전을 직원들과 공유하고 있다며 자화자찬하기 일쑤였지요.

지금 와서 생각해보면 대표의 판단 착오는 '애사심을 주입하려 했던 것'에 있었습니다. 말로만 회사를 아끼고 주인의식을 가지라고 할 것이 아니라, 직원이 회사의 비전과 가치에 공감하고 일하고 싶은 마음이 우러나오게끔 해야 했습니다. 보상체계나 조직문화 등 근본적인 문제는 방치한 채, 애사심만 억지로 주입하려고 하니 주객이 전도된 셈이었습니다. 대표는 빠르게 가시적인 성과를 내고 싶었겠지만, 장기적으로 보면 오히려 멀리 돌아가는 길을 택한 것과 다름없었지요.

누군가의 애사심이 충만하다면, 그 애사심은 주입된 애사심이 아니라, 경영진의 비전에 대한 신뢰가 있거나, 합당한 보상, 성장 가능성 등 회사에 좋은 이미지를 갖게 하는 요소가 있기 때문일 겁니다. 하지만 수많은 대표들은 그 사실을 알지 못하거나, 알려고 하지 않습니다.

⽉

애석하게도 지금까지 사회생활하며 애사심이 넘쳤던 기억은 딱히 떠오르지 않습니다. 하지만 그 반대 순간에 대한 선명한 기억이 있습니다.

20대 초반, 학원 강사로 일할 때의 일입니다. 근무환경도 괜찮고, 일도 적성에 맞아 즐겁게 다니고 있었습니다. 지인들이 일은 어떠냐 물으면 학원도, 원장님도 너무 좋다고 말하곤 했지요.

그러던 어느 주말이었습니다. 중간고사 기간이라 출근하는 날이었죠. 집을 나서던 순간, 급작스레 지방에 계시던 할머니의 부고 소식을 접했습니다. 하늘이 무너지는 마음에 떨리는 손으로 원장님에게 전화를 걸었습니다. 할머니가 돌아가셨다고, 급히 내려가 봐야 할 것 같다고, 오늘 보충 수업은 못 할 것 같다고, 경황이 없어 더듬더듬 두서없이 말했습니다. 이따금 울먹였던 것 같기도 합니다. 그 말을 듣고 원장님이 했던 첫 마디가 지금도 잊히지 않습니다.

"지금 시험 기간이라 보강 선생님 구하기도 힘든데……."

뒤에 무슨 말이 더 이어졌는지는 생각나질 않습니다. 단지 그 말을 듣는 순간, 학원에 대한 정이 뚝 떨어졌다는 것 밖에요. 그리고 오래지 않아, 그곳을 관뒀습니다.

일만
잘하면
승진하나요?

인사 시즌이면 분위기가 뒤숭숭합니다. 이미 발표 전부터 소문이 나도는 편입니다. 이번에는 누가 승진할 거라는 둥, 누구는 어디로 발령이 날 거라는 둥 기정사실로 하듯 구체적으로 나도는 얘기들도 꽤 있지요. 매번 승진 시기면 동료끼리 삼삼오오 모여 이번엔 누가 진급할 것인지를 점쳐보곤 했습니다. 아무리 승진에 관심 없는 사람이라 해도 대상자 중 본인만 누락되면 자존심에 굉장한 타격이 옵니다. 승진에 따라 연봉이나 인센티브 등 각종 베네핏의 차이가 생기기도 하고요. 그러므로 인사 시기에는 원하는 것을 얻으려는 자와, 막으려는 자의 치열한 물밑 작업이 벌어지기도 합니다. 어차피 같은 직급에서 승진할 수 있는 TO는 정해져 있고, 경쟁자를 제쳐야 내가 승진할 수 있기 때문이지요.

신입 시절, 당시 승진심사의 관전 포인트는 A대리와 B대리였습니다. 입사 동기인 둘 중 한 명만 과장으로 승진한다는 말이 돌았죠. 동료들 사이 평판은 B가 더 좋았습니다. 일도 똑 부러지게 잘하고 원만한 성격이었거든요. 저 역시 내심, 저를 잘 챙겨주었던 B가 승진하면 좋겠다고 생각했습니다. 하지만 여론은 달랐습니다. A가 승진자라는 말이 공공연히 나돌았지요. 설마 했던 발표 당일, 정말 소문대로 B는 떨어지고 A가 이름을 올렸습니다. 괜히 속상한 마음에 평소 친하게 지내던 선배에게 물었습니다.

"왜 B대리님이 떨어졌을까요?"

"A대리는 이번 TF팀에서 성과가 좋았잖아. B대리는 기존 업무만 계속했고."

"일은 B대리님이 훨씬 잘하시는 거 같은데… 그나저나 왜 A대리님이 TF팀으로 가셨던 거예요? 저는 당연히 B대리님이 가실 줄 알았거든요."

"A대리가 상무님 라인인 거 몰랐어? 승진시켜야 하니까 TF팀에 넣은 거지."

"그럼 TF팀에 적합해서 넣은 게 아니라, 승진시켜야 해서 그 팀으로 보낸 거라고요?"

"아이고, 순진하네… 잘 봐. 입사 동기 두 명 있다고 칠게. 우리 회사 들어올 정도면 둘이 얼추 실력이 비등비등하겠지? 어떻게 순수 업무능력으로만 누가 우열한지 판단할 수 있겠어. 줄 타는 거지. 내가 만약에 둘 중 한 명을 끌어주기로 점찍었어. 그러면 승진할 만한 자리에 데려다 앉히는 거야. 핵심 부서에 있는데, 그냥 가만히만 있어도 성과가 나지 않겠어?"

아……. 순간 머리를 한 대 얻어맞은 느낌이었습니다. 소위 '될놈될 안될안(될 사람은 되고, 안될 사람은 안 된다)'이라는 거죠. 이제야 이해가 되었습니다. 왜 B대리님이 승진에서 미끄러질 수밖에 없었는지 말입니다.

보통 학교에서 성적표를 받으면 기대했던 범위 내에서 받곤 합니다. 내가 시험을 잘 봤는지, 못 봤는지, 어느 정도 가늠이 되기 때문이지요. 하지만 회사에서 받는 성적표는 가끔 납득하기 어려울 때가 있습니다. 누가 봐도 일을 잘하고 열심히 하는 직원의 고과가 좋지 않거나, 일보다 주로 의전에 힘쓰고 줄을 잘 대는 직원의 고과가 좋은 경우를 보곤 합니다. 이는 아무리 정량적인 평가 툴을 쓰더라도, 성과를 평가하는 주체가 '사람'이기 때문입니다.

그걸 알지 못했던 예전에는 성과 평가 결과에 일희일비했습니다. 열심히 했음에도 기대에 못 미치는 성적표와 맞닥뜨릴 때면 자괴감이 들었고요. 스스로를 탓하며 자책하기도 했습니다. 하지만 이제는 평가를 결정짓는 요소에 일 외에도 다양한 변수가 있음을 압니다.

평가 결과가 항상 당사자의 능력과 일치하는 건 아닙니다. 개인의 능력보다 여러 상황과 운이 맞물려 인사 고과의 향방이 결정되는 경우도 자주 보고요. 이번 고과를 양보하면 다음 승진을 보장해준다는 제안을 받은 동료, 임원에게 밉보인 죄로 승진에서 누락되고 한직으로 좌천된 상사 등 드라마 같은 일이 현실에서도 얼마든지 일어납니다.

이직해도 여전히 비슷한 상황과 마주하곤 합니다. 특히 직급이나 직책이 올라갈수록, 능력 이상으로 각종 '줄'이 중요하게 작용하는 것을 느낍니다. 그 줄에 올라타지 못하면, 여기저기 부유하다가 원치 않는 어딘가로 흘러가기도 하지요. 예전에는 이렇게 사내 정치하거나 연줄을 잘 타려 애쓰는 사람들이 곱게 보이지 않았습니다. 갈등을 조장한다고 느꼈고요. 하지만 연차가 쌓일수록 생각이 조금씩 바뀌었습니다. 어차피 일이야 사람이 하는 것이니, 사내 정치를 잘하는 것도 나름의 능력이 아닐까 싶더군요. 그렇게 해서 조직 내 입지를 공고히 할 수 있다면, 그 또한 하나의 처세술이겠지요(능력이 안 된다면 끝까지 살아남기 어렵겠지만요).

㋡

가끔 직장에는 세 가지 부류의 사람이 있는 것 같다고 생각합니다.

'승진에 목숨 거는 부류'

'승진에 연연하지 않는 마이웨이 부류'

그리고

'그냥 별생각 없는 부류'

사람이 힘든
'화요일'

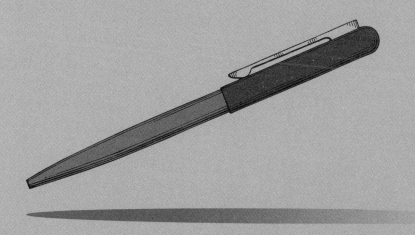

사람 때문에 퇴사하고 싶을 때

경력직으로 이직했을 때의 일입니다.

사내 방침에 따라 담당 사수가 배정되었습니다. 직급은 같았지만 저보다 연차가 있던 팀원이 직속 사수를 맡았고, 프로젝트 총괄은 팀 서열 3위였던 과장이 맡았습니다. 경력직답게 행동해줬으면 좋겠다며 기를 누르던 첫 만남부터, 그들은 범상치 않았습니다.

아무리 경력직이더라도 회사를 옮기면 한동안 적응하기 쉽지 않습니다. 업무 프로세스, 보고 양식 등 모든 것이 낯설기 때문인데요. 사수와 과장은 처음부터 과도하게 엄격한 잣대를 들이대며 사소한 트집을 잡으려 혈안이었습니다.

학창 시절에나 있는 줄 알았던 왕따와 괴롭힘이 직장생활에서도 존재하더군요. 일이야 노력하면 되지만, 업무 외적인 괴롭힘은 이해도 안 되고 빠져나갈 방도도 없었습니다. 어느 날은 과장이 불러, 탕비실에서 왜 사수 혼자 설거지하게 두느냐며 트집 잡고, 또 다른 날은 사수가 불러, 옷을 신경 써서 입지 않았다고 꼬투리 잡던 적도 있습니다. 사수가 설거지를 하던 그때는 밖에서 분리수거를 하고 있었고, 옷을 지적받은 날은 누가 봐도 직장인 복장이었지만 그런 변명은 통하질 않았습니다. 어차피 괴롭힘을 위한 괴롭힘이었으니까요.

이렇게 매일 건수가 잡힐 때마다 회의실로 호출해서 들볶거나, 사내 메신저로 다다다닥 쏟아내는 지적을 위한 지적을 견디고 있을 때면 정신마저 혼미해졌습니다. 처음에는 잘 지내려 사정도 해보고, 오해가 있으면 풀자며 대화도 시도했지만 먹히질 않더군요. 어떤 말을 해도, 무슨 행동을 해도 관계는 점점 악화될 뿐이었습니다. 어느 순간부터는 포기하고 그냥 오롯이 그들이 원하는 대로 따르게 되었지요.

괴롭힘은 주로 은밀하게 이루어졌기에, 대부분의 직원은 이런 사실을 알지 못했습니다. 입사한 지 얼마 안 되어 누군가에게 고충을 토로할 수도 없었고요(누가 적군인지 아군인지 알기도 힘들었습니다). 혼자 답답한 마음을 끌어안고 끙끙대며 하루하루를 연명했습니다.

그 사이 점점 자존감은 바닥을 치게 되었습니다. 퇴근 후에는 온몸의 기력이 빠져나가 이불 뒤집어쓰고 누워있기 일쑤였지요. 과장은 가끔 퇴근 이후에도 연락해서, 하지도 않은 업무 실수를 뒤집어씌우며 질책하기도 했습니다. 멘탈은 점점 흔들려갔습니다. '나는 왜 이렇게 부족한 걸까, 아무 쓸모없는 사람인가 봐' 등 스스로를 탓하고 비하하는 방향으로 생각이 흐르더군요. 입맛도 의욕도 없고, 영혼 없이 지내는 날들이 이어졌습니다.

퇴사할까 고민하다가도 섣불리 그만두기 쉽지 않았습니다. 회사 자체의 근무 여건은 꽤 만족스러웠고, 그만두기에는 경력도 애매해지기도 했습니다. 무엇보다 내가 잘못한 것도 없는데 퇴사하기는 억울하다는 생각이 들었습니다. 내게 손해인 결정을 하긴 싫었습니다.

이 악물고 버티면서 꾸역꾸역 다녔습니다. 어디가 끝인지 모르는 깜깜한 터널을 지나는 느낌이었지만, 아무리 긴 터널도 끝은 있지 않을까

하는 생각에서였습니다. 도움 될 만한 책을 찾아 읽거나 강연을 들으며 마음을 다스리기도 했습니다.

그리고 정말로 끝은 있었습니다. 일 년 정도 시간이 흘렀던 것 같습니다. 과장은 퇴사하고, 사수는 부서 이동을 하게 되면서 끔찍하던 시간도 끝났습니다. 어디선가 들었던 '결국 남는 자가 승자다'라는 말을 실감했지요.

나중에 알게 된 사실이지만 그들이 저를 괴롭혔던 이유는 연봉 때문이었습니다. 사내에서 연봉 누설은 금지였지만 과장이 우연히 제 연봉을 알게 되었고, 그걸 사수에게 흘렸던 거지요. 나름 그 회사에서 연차가 있던 본인들보다, 굴러온 돌의 직급 대비 연봉이 높다는 사실에 비위가 거슬렸던 겁니다. 그로부터 몇 년 후 사수가 당시의 일을 사과하며 건넸던 말이 잊히지 않습니다.

"근데, 그때 되게 강한 사람이라고 생각했어요."

사수의 말처럼 제가 원래 강한 사람이었던 건 아닙니다. 웃픈(웃기고도 슬픈) 사실이긴 하지만 괴롭힘을 견디며 맷집이 세진 거지요. 고통에 대한 역치가 높아진 겁니다. 시간이 지날수록 마음이 단단해졌고요. 나중에는 어떤 진상을 만나도 버텨낼 수 있다는 자신감과 나름의 대처 스킬마저 생겨났습니다.

마음의 준비(?)는 이토록 충분히 되어 있지만, 그 이후로 직장에서 사람 때문에 괴로웠던 적은 없습니다. 아니면 웬만한 정도로는 '그때보다 양반이지'라고 생각해서인가 싶기도 하고……

지금, 사람 때문에 퇴사를 고민하시나요?

도저히 참기 힘들 정도로 고통스럽다면,
그만두는 것도 좋은 방법이라고 생각합니다.

하지만 그만두기에 왠지 억울하다면,
버텨보는 것 또한 괜찮은 방법이지요.

어떤 선택을 하든
그깟 회사보다, 고작 그런 인간보다,
나를 먼저 지키셨으면 좋겠습니다.

팀장님 저는 짬뽕 말고 볶음밥 하겠습니다

사회초년생 때 상당한 유리 멘탈이었습니다.

모든 것들이 사방에서 내 멘탈을 둘러싸고 공격하는 느낌이었죠. 멘탈은 한두 발의 총격으로도 쉽게 함락되어 금세 바사삭 부스러기가 되었습니다. 그럴 때면 주로 비상구 계단이나 화장실에 숨어서 답답한 마음을 토해냈습니다. 퇴근 후 집에서 이불 뒤집어쓰고 괴로워하기도 했고요. '한 번 더 확인할 걸……' 지나간 일을 자책하느라 불면증에 시달린 날도 수없이 많았습니다.

반면 지금은 직장에서 '멘탈 강하다'는 말을 종종 듣습니다. 그동안 내공이 쌓이기도 했지만, 의식적으로 멘탈을 강화하려 노력했기 때문입니다. 제가 강철 멘탈이 되기 위해 연습했던 몇 가지 방법을 소개해 볼까 합니다.

첫 번째는 사람과 일을 분리하는 겁니다. '고객이 내게 욕하는 것이 아니라, 시스템 또는 회사에 욕하는 거다', '상사가 내게 욕하는 게 아니라, 업무처리 방식이나 마음에 들지 않는 상황에 욕하는 거다' 등 덜 다치기 위해 일종의 내 주변 결계를 치는 겁니다. 물론 말처럼 쉽지는 않습니다.

계속된 훈련과 연습이 필요하고요. 여기서 포인트는 설령 실제로 그렇지 않더라도 분리해서 생각하는 겁니다. 고객과 상사가 작심하고 골탕 먹이려 그럴 수도 있습니다만, 의도적으로 떼어내는 작업을 진행해보는 거죠. 사람과 일을 동일시하게 되면 나만 더 힘들어지기 때문입니다.

두 번째는 감정을 솔직히 인정하는 겁니다. 마음이 다치는 상황에서 나조차도 내 감정을 외면한 적이 있었습니다. '내가 너무 민감한 거야', '내가 너무 나약한 거야' 등 때때로 비난의 화살은 나를 향하곤 했습니다. 감정을 숨기고 부정하다 보니, 지금 어떤 마음인지 알아차리기조차 쉽지 않았습니다. 그럴수록 상황을 더 회피하고만 싶어졌고요. 하지만 이제는 내가 기분 나쁘다면, 그럴 만한 상황이었다고 인정합니다. 감정에 솔직해지려 노력하지요. 괴로운 마음을 인정하는 것만으로 다음 단계로 나아갈 힘이 생깁니다.

세 번째는 부당한 상황에서 할 말은 하는 겁니다. 예전에는 상황이 불합리하거나 상대가 수시로 선을 넘어도 그냥 넘어가곤 했습니다. 괜히 한마디 했다가 상대가 기분 나빠하지 않을까 걱정이 먼저 앞섰고요. 하지만 입 꾹 다물고 가만히 있었더니, 상대방도 우습게 보거나 만만하게 여기더군요. 혼자 마음에 담아두고 끙끙댄다고 해서 아무도 알아주지 않았습니다. 감정을 억누르며 속에 쌓아둘수록 화병만 생겨났고요. 지금은 지나치다는 생각이 들면, 상황에 맞는 방법으로 '그만(STOP)'이라고 외칩니다. 이렇게 터트리고 나면 의외로 쉽게 해결방안이 모색되기도 합니다.

네 번째는 속으로 '그래서, 어쩌라고'를 되뇌는 겁니다. 가끔 상식적이지 않은 사람과 마주할 때가 있습니다. 막무가내인 상황에서는 사람과 일을 분리하거나 할 말은 하려 해도, 도무지 쉽지 않습니다. 이도 저도 안될 때는 그냥 한 귀로 듣고 흘리는 게 정답이더군요. 스트레스나 상처

받으면 결국 나만 손해이니까요. 겉으로 밀랍 인형처럼 표정을 짓되, 속으로는 이렇게 생각하죠. '그래서, 어쩌라고.'

말도 안 되는 불쾌한 일을 겪을 때 이 말을 읊조리면 마음이 후련해지기도 합니다. 답이 없던 상황이 조금은 단순해지고요.

㊋

멘탈이 이전보다 단단해지고 나니 좋은 점이 많습니다. 타인의 시선을 덜 의식하게 되었고, 간이 커지고 배포가 생겼습니다. 습관적으로 눈치를 보던 것에서 벗어나, 점점 내 마음을 솔직히 표현할 수 있게 되었고요.

가끔 트레이닝의 소소한 위력을 실감할 때가 있습니다. 얼마 전 점심 회식 자리에서 있었던 일입니다. 위계질서가 강한 조직에서 식사 주문은 보통 상사의 추천(이라 쓰고 강요라고 읽는)으로 이루어지곤 합니다. 중국집에서 상사는 이 집이 짬뽕을 잘하는 집이라며 짬뽕을 주문했습니다. 마치 명령처럼 내려온 그 말에 눈치 보던 동료들이 줄줄이 짬뽕으로 통일을 하더군요. 이미 속으로 다른 메뉴를 정해둔 저는, 눈 딱 감고 볶음밥을 외쳤지요. "다음에 추천하신 짬뽕 꼭 먹겠습니다!" 하면서요. 뒤이어 주관이 참 뚜렷하다는 상사의 말이 이어졌고, 동료들 표정 역시 가관이었지만, 재빨리 다른 화젯거리를 찾아 분위기를 전환했습니다. 재밌는 건 제 말에 얹어서 조용히 볶음밥으로 변경하는 팀원들이 있었다는 겁니다.

어느덧 나온 볶음밥을 맛있게 먹으며, 그리고 메뉴 사태(?)는 잊고 화기애애하게 식사하는 상사의 모습을 보며 생각했습니다.

'진작 이렇게 살 걸 그랬네.'

직장에서 거절 잘하는 법

사회생활을 하다 보면 거절이 얼마나 중요한지 체감합니다. 내가 원하든 원치 않던, 거절해야만 하는 순간은 자주 찾아옵니다. 거절하지 못해서 이 일 저 일 다 끌어안다 보면 결국 수습되지 않아 곤경에 처하곤 하지요. 거절을 잘한다는 건 무턱대고 거부하는 것이 아니라, 상대방과의 관계가 틀어지지 않는 선에서 유연하게 대처하는 것이라 생각합니다.

저는 평소 직장에서 거절 잘한다는 이야기를 좀 듣는 편인데요. '내가 그간 어떻게 거절했던가…….' 곰곰이 되짚어보니, 거절할 때 지키려 노력하는 나름의 원칙이 있더군요.

첫 번째, 상대방을 지나치게 의식하지 않습니다. 물론 상황에 따라 눈치를 안 볼 수는 없지만, 최대한 '사람'과 '거절할 일'을 분리하는 편입니다. '사람'에 집중하여 과도하게 눈치를 보거나, 필요 이상으로 상대의 입장을 고려하는 건 거절을 힘들게 만들 뿐입니다. 더불어 상대의 기분까지 생각하면 거절이 더 어려워지기도 하고요. '친한 사이인데 거절하면 기분 나빠하지 않을까?' 이렇듯 관계에 집중하면 본질이 흐려질 확률이 높습니다. 단지 거절할 일인지 아닌지에 관한 판단이 우선입니다. 만약 거절해서 상대가 기분 나빠한다면, 그건 어쩔 수 없는 일입니다. 그 감정은 이미 상대의 것이니까요.

두 번째, 좋게 표현하려 노력합니다. 말이 '아' 다르고 '어' 다르다고, 같은 말이라도 충분히 포장을 잘할 수 있습니다. 거절 멘트더라도 겉으로 어떻게 표현하느냐에 따라 완전히 다르게 느껴지지요. 너무 강한 언어보다는 같은 말이라도 완곡한 표현을 쓰려고 노력합니다. 예를 들어 '안 된다', '거절한다'보다 '곤란하다', '어렵다'라고 말을 한다면 아무래도 정중히 거절하는 느낌이 듭니다. 앞에 거절의 충격을 줄여주는 쿠션 언어('제안해주신 건 감사하지만', '신경 써주신 건 감사하지만' 등)를 넣어주기도 합니다.

세 번째, 깔끔하게 거절하는 편입니다. 거절의 말이 중언부언 길어지는 건 좋지 않다고 생각합니다. "저는 사실 이렇고… 그래서 좀 별로고… 그래서… 그건 곤란한데…" 등 불필요한 말을 많이 붙이면, 상대는 오히려 희망 고문에 휩싸입니다. 왠지 비집고 들어갈 틈이 있는 것 같고, 딱 잘라 거절한 게 아니니 조금의 여지가 있지 않을까 기대하지요. 이 경우에 오히려 거절당했을 때 상대가 느끼는 후폭풍이 더 셀 수 있습니다. 기왕 거절하기로 결심했다면, 여지 남기지 않도록 가능한 담백하고 깔끔한 말로 정리하여 거절하는 게 낫습니다.

네 번째, 합당한 이유를 설명하려 노력합니다. 무턱대고 거절이 아니라 뒤에 상대도 납득할 수 있을 만한 이유를 대는 거지요. 경험상 친절한 이유를 만들어내기보다는, 솔직한 이유를 잘 전달하는 것이 더 나았습니다. 상대가 기분 나쁘지 않을 만한 이유를 찾아봐도 그 나물에 그 밥인 경우가 많거든요. 거절했다는 사실 하나만으로 서로 불편한 순간을 맞닥뜨릴 수밖에 없고요. 대신 가능하다면 "~하는 건 어떨까요"라고 대안을 제시합니다. 최대한 내가 무리 되지 않는 선에서 차선책을 제시한다면 상대도 덜 무안해질 수 있지요.

다섯째, 거절 타이밍을 적당히 조절합니다. 사안에 따라 다르겠지만 일반적으로 너무 바로 거절하는 건 결례인 경우가 많습니다. 특히, 중대한 사안이라면 고민 없이 딱 자르는 것처럼 느껴질 수도 있고요. 제안을 듣자마자 이건 거절 각이라고 느껴지더라도, 일단은 고민해보거나 시도해본다고 한 다음, 어느 정도 간격을 두고 거절하는 편입니다. 마치 겉으로는 정말 하고 싶은데 현실적으로 어려운 것처럼요. 그렇다고 어차피 거절해야 하는데 너무 길게 시간을 끌면 점점 답변하기 힘들 수도 있으므로, 적당한 간격을 두는 게 좋다고 생각합니다.

"집중은 거절에서 시작된다"라는 스티브 잡스의 말처럼, 거절 역시 능력이라고 느낄 때가 많습니다.

이왕 거절해야겠다고 마음먹었다면
가능한 '잘' 거절하는 게,
제안해준 상대에 대한 최소한의 예의 아닐까요?

함부로 영역을 침범하지 마시오

유독 '인생을 이렇게 살아야지'라는 기준이 확고한 사람이 있습니다. 그 기준을 스스로 준용하면 주관이 뚜렷한 사람이 되지만, 원치 않는 타인에게 강요하는 경우에는 '무례한 사람'(이하, '그들'이라고 통칭하겠습니다)이 됩니다. 그 중에서도 특히 나이에 민감한 부류가 있습니다. 그들은 특정 연령대마다 지켜야 하는 과업이 있다고 생각합니다. 적당한 나이에 대학 졸업해야 하고, 졸업하고 바로 취업해야 하고, 취업 후에는 결혼해야 하고, 결혼 이후에는 아이를 낳아야 하고 등등. 시기별 보편적인 과업을 따르지 않는 사람에게 이상하다는 프레임을 씌우곤 합니다. 그들은 정상적이라 믿는 어떤 틀을 적용해서, 그 테두리 내에 있지 않은 사람을 무례하게 깎아내립니다. 자신들이 규정한 인생만이 정답이라고 생각하고, 걱정이라는 말을 방패삼아 온갖 오지랖을 시전하지요. 그들은 사회 곳곳에서 암초처럼 발견되곤 합니다.

"여자 나이 크리스마스 케이크지, 스물넷(24일)까지는 잘 팔리는데 스물다섯(25일)부터 안 팔려!"

오래 전 들었던 충격적인 말입니다. 당시 서른 중반의 상사가 했던 말이지요. 애매한 제 표정에 "아니~ 나는 걱정 돼서 그렇지. 나이 들수록 결혼하기 힘들다는 말이야"라고 급히 말을 덧붙이더군요. 그때는 당황스럽기도 하고 뭐라 대처해야 할지 몰라 어영부영 넘어갔습니다. 맞받아치자니 민감한 거 아니냐고 몰아갈까 걱정되기도 했고요. 그 자리에서는 아무 말 못하고 집에 돌아와, 괜히 한 마디 해주지 못한 억울함에 속을 끓였던 기억이 납니다.

20대에는 그런 말들에 멘탈이 심하게 흔들렸습니다. 무언가 내가 뒤처진 것 같고 잘못 살고 있는 것 같았거든요. 하지만 이제는 그들이 하는 헛소리에 일일이 반응할 필요가 없다는 사실을 압니다. '당신들이 뭐라고 하든 내 가치는 내가 정한다'라고 생각하지요.

세상엔 다양한 삶의 방식이 있습니다. 사람마다 자신의 인생 방식을 선택할 권리가 있고요. 타인에게 피해주지 않는 한, 누구도 옳다 그르다 판단하거나 간섭할 권한은 없다고 생각합니다.

요즘도 잊을만하면 한 번씩 나타나는 그들이 선을 넘으려할 때, 제가 주로 대처하는 방법은 이렇습니다.

먼저, '담담하게 반응하기'입니다. 나는 괜찮다는 식으로 아무렇지 않게 받아들이면 그들은 당황합니다. 같이 안절부절못하며 쭈그러지는 모습을 봐야 후련해지는데 상관없다는 식이면 본인들이 생각했던 반응이 아니거든요. 뭐라 말할지 애매할 때는 그냥 "그 말 들으니까 기분이 좀 나쁘네요.", "지금 선 넘는 것 같은데요"라고 짧게 언급해줍니다. 이때의 포인트는 너무 정색하지 않는 무미건조한 말투입니다. 그래야 그들도 깨갱하며 본인이 했던 말을 되짚어볼 수 있죠. 그런 말하기 어려운 상대나 상황이라면 그냥 침묵으로 일관합니다. 딱히 반응하지 않는 겁니다.

다음으로 대처하는 방법은 '맞받아치기'입니다. 어느 코미디언이 왜 결혼을 못하느냐며 본인을 후려치는 친구의 말에, "너처럼 살까 봐"라고 팩폭(팩트 폭력)을 날렸다고 하는데요. 이렇게 어느 정도 받아쳐줄 필요성은 있는 것 같습니다. 물론 상대나 상황에 따라 수위는 조절합니다. 친구나 동료처럼 편한 사이에는 직접적으로 말해도 되지만, 상사나 윗사람처럼 어려운 상대에게는 가급적 돌려 대응하는 게 좋습니다. 뼈있는 유머로 대처하는 것도 한 방법입니다. 가벼운 듯하지만 곱씹을수록 애매한 유머 말이죠. 문득 그런 유머를 센스 있게 잘 구사하던 어느 선배가 떠오릅니다.

> "나는 예쁘고 몸매 좋은 여자가 서빙 하는 게 그렇게 좋더라. 못생긴 여자가 서빙 하는 거 보면 밥맛이 떨어진 달까."

예전에 시끌벅적한 회식 자리에서 던져진, 부장님의 발언이었습니다. 순간 싸늘한 정적이 흘렀습니다. 침묵을 뚫고 센스 있는 선배가 웃으며 얘기했습니다. "어머, 여자도 잘생기고 몸 좋은 남자가 서빙 하는 식당 좋아해요. 근데… 부장님, 혹시 나중에 식당 취업은 안 하실 거죠?" 그 말에 모든 사람이 한바탕 웃으니, 선 넘는 말을 투척한 그도 멋쩍어하며 따라 웃더군요.

가끔 혼자서 엉뚱한 상상을 합니다. 언젠가는 무례한 사람끼리 모여 살면 어떨까 생각한 적이 있습니다. 나머지 사람들은 옆 마을에 울타리

를 치고 살고요. 울타리 앞에는 무례한 사람들을 위한 푯말을 세워두는
겁니다.

"함부로 영역을 침범하지 마시오."

인간관계에도 유효기간이 있습니다

패션 유튜버 '밀라논나'는 70대 멋쟁이 할머니입니다. 그녀의 유튜브 채널은 시작 후 3년 만에 90만이 넘는 구독자를 확보하며 많은 사랑을 받았습니다. 닮고 싶은 할머니로 불리며, 특히 젊은 세대의 열렬한 지지를 받았지요. 저 또한 그녀처럼 품위 있고 포용력을 갖춘 모습으로 나이 들고 싶다고 종종 생각하곤 했습니다. 지금은 잠시 활동 중단을 선언한 상태이지만, 여전히 밀라논나의 철학은 그녀를 그리워하는 사람들의 입을 통해서 회자되곤 합니다.

그녀는 패션 뿐 아니라, 산전수전 다 겪은 경험을 발판 삼아 이런저런 인생 조언을 해주기도 했는데요. 관계에 대한 조언 중 인상적이었던 말이 있습니다.

"인간관계에도 유효기간이 있습니다."

이 말을 듣고 무릎을 '탁' 쳤습니다. 정말 공감이 되더군요. 휴대폰의 많고 많은 연락처 중 주기적으로 연락하는 사람의 비율은 정작 얼마 되지 않습니다. 여러 가지 이유로 서서히 멀어지다가 지금은 연락조차 하지 않는 사람이 태반이지요. 예전에 서로 평생 갈 사이라며 우정을 다짐했던 이들 중 곁에 남아있는 사람은 소수에 불과하고요. 나이가 들어갈수록 점점 관계의 폭이 좁아지는 것 같습니다.

사실 그리 가깝지 않은 사이에는 관계가 끝나든 말든 데미지가 크지 않습니다. 충격이 크게 느껴질 때는 오래 갈 것이라 믿어 의심치 않던 관계가 끝났을 때인데요. 제게는 사회초년생 시절 인연을 맺은 B가 그랬습니다.

B는 취향이 비슷한 친구였습니다. 서로 도플갱어를 만난 게 아니냐할 정도로 잘 맞아서 짧은 기간에 쉽게 친해질 수 있었지요. 속 깊은 이야기도 자주 나누고 힘든 일이 있을 때는 적잖이 기대고 의지했습니다. 사회에서 만난 친구도 이렇게 막역해질 수 있구나 생각할 만큼, 어렸을 적 친구 못지않게 금세 가까운 사이가 되었습니다. 특히 알고 지내는 동안 인생에서 힘든 고비를 함께 겪어내며 더욱 더 애틋해졌습니다. 그런데, 관계는 전혀 예상치 못한 순간 멀어지더군요.

몇 년 전 함께 떠난 해외여행에서였습니다. 여행을 왔다는 설렘도 잠시, 타이트한 일정과 척박한 환경에 서로 점점 지쳐갔습니다. 처음 가볍게 시작되었던 짜증과 불평불만은 잊을만하면 한 번씩 이어졌습니다. 맛집이나 관광지 선택 등 사소한 이유로 실랑이를 벌였지요. 갈등의 선은 여행 내내 아슬아슬한 외줄타기를 했습니다.

참아뒀던 감정이 폭발한 건, 더 이상 선을 지킬 필요가 없어진 귀국길 공항에서였습니다. 탑승 게이트 앞에서 경쟁하듯 꾹꾹 눌러 놓았던 답답함을 토로했습니다. 하지만 얘기를 하면 할수록 이미 벌어진 간극만 드러날 뿐이었습니다. B는 사실 여행만이 문제가 아니었고 그 전부터 쌓인 게 많았노라 말하기도 했습니다. 도대체 어디서부터 잘못된 건지 곱씹어보았지만, 안개 속처럼 실마리가 보이지 않았지요. 어느 순간부터 대화는 이어지지 않았습니다.

침묵이 길어질 때쯤 탑승 안내 방송이 울렸습니다. 각자 다른 줄에 서서 비행기에 올라탔습니다. 서로 옆자리에 앉았지만, 마음의 거리는 누구보다 멀었습니다. 기내에서 B는 내내 울었고, 저는 한숨만 푹푹 내쉬었습니다. 결국 착륙할 때까지 말 한마디 나누지 않았고, 각자 캐리어를 찾은 후 헤어졌습니다. 누구보다 끈끈하다 믿었던 관계는 이렇게 마지막 인사도 하지 않은 채 끝났습니다. 그동안 가족만큼 가까운 사이라 자부했는데 이리 허무하게 끝나다니, 정말 영원한 관계란 없다는 생각이 들더군요.

그로부터 한참 시간이 지나서도 가끔 B가 생각났습니다. '뭐가 문제였을까, 내가 좀 더 잘했다면 우린 지금도 친구로 지낼 수 있었을까'하며, 그때의 일을 되짚어 보기도 했습니다. 하지만 전부터 쌓인 게 많았다던 B의 말은, 차마 어찌할 수 없는 무력감만 선사할 뿐이었죠. 그때의 여행 사진은 아직도 정리하지 못한 채 메모리 카드 어딘가에 처박혀 있고요. 계속 마음 한켠에 B는 해결되지 않은 과제처럼 남아있었습니다.

火

인간관계에도 유효기간이 있다는 말은 비로소 B를 마음에서 보낼 수 있게 했습니다.

어차피 그 말마따나 인연이 그때까지였다고 생각하니 오히려 마음이 편안해지더군요. 내가 무얼 더 할 수 있지 않았을까 자책한들 달라지는 건 없었을 겁니다.

약한 접착력에 잘 붙지 않는 스티커를 억지로 붙여놓아 봤자, 이내 떨어지고 맙니다. 관계를 이어 붙이고 싶어서 무리하게 하는 행동 역시 부질없다는 생각이 드는 요즘입니다. 그렇게 해서 억지로 끌고 간다 한들 무슨 의미가 있을까요? 고작 그런 이유로 떨어질 관계라면, 어차피 멀어질 인연이었다고 생각하는 편이 나은 것 같습니다. 어떤 큰 갈등에도 견고하게 이어지는 관계가 있는가 하면, 아무리 노력해도 의지와 상관없이 점점 멀어지는 관계도 있습니다.

그동안의 관계를 복기하며 '내가 어떤 부분에서 잘못했을까?' 생각할수록 자책감에 스스로만 괴로워지더군요. '그와의 유효기간이 이제 끝났나 보다'라고 생각하는 게 마음이 편해지는 길입니다. 유효기간이 만료된 여권은 더 이상 효력이 없듯, 그와의 인연 또한 마찬가지입니다.

당신은 어떠신가요,
끝난 인연을 잘 보내주고 있나요?

저도 오늘은 B와의 여행 사진을 정리해야겠습니다.

타인에게
위로를 바라는
마음

    유난히 지치고 힘든 퇴근길, 친구에게 전화가 걸려옵니다. 친구는 격앙된 어조로 애인과 다툰 일에 대해 말합니다. 피곤하지만 일단 잘 들어주고 나름 조언도 해줍니다. 그리고서, 나 역시 오늘 회사에서 굉장히 힘들었노라고 얘기합니다. 하지만 수화기 너머에서 생각보다 시큰둥한 반응이 느껴지지요. 그때의 감정은 복합적입니다. 친구도 힘들어서 그럴 거라며 이해해보지만, 내 상황은 공감해주지 않는 것에 서운함이 듭니다. 더불어 피곤할 상황을 배려해주지 않고 본인 이야기만 하는 친구에 대한 섭섭함마저 더해지지요. 같은 시각, 친구 역시 비슷한 감정을 느끼고 있을 확률이 높습니다. 본인은 애인과 이별의 기로에 서 있는데, 충분히 위로받지 못했다고 생각했을 겁니다. 의도치 않았지만 이렇게 우리는 서로에게 상처를 주고받습니다.

    아주 오래 산 건 아닙니다만, 나이가 들수록 타인의 위로에 너무 의존하지 말아야 한다는 것을 느낍니다. 물론 가까운 사람에게 아픔을 털어놓는 행위는 심신 안정에 도움이 됩니다. 위로가 주는 치유의 힘 역시 놀랍고요. 하지만 스스로 해결해야 하는 범위까지 타인에게 의존하면, 후련함은 잠시일 뿐 다시 괴로운 마음이 찾아옵니다. 어느 정도 상처 회복에 도움은 받되, 남은 감정의 찌꺼기는 스스로 추슬러야 합니다. 아무리 가까운 사이더라도 모든 문제를 해결해줄 수는 없으니까요. 끝까지 감당해야 하는 건 결국 내 몫입니다.

특히 애매하게 가까운 사이라면, 아픔을 말하는 것에 더욱 신중해야 한다고 생각합니다. 이유는 크게 두 가지입니다. 첫 번째, 오히려 얄팍하게 친한 사이에는 그 불행을 발판 삼아, 상대가 본인 행복을 자족할 가능성이 큽니다. 이는 심리학적으로도 입증된 연구 결과입니다. 독일에서 이런 감정을 표현하는 '샤덴프로이데(Schadenfreude)'라는 단어가 있습니다. 독일어로 손해를 뜻하는 '샤덴(Schaden)'과 기쁨을 뜻하는 '프로이데(Freude)'가 합쳐진 건데요. 타인의 불행에서 느끼는 기쁨을 의미합니다. 부러워하던 지인이 안 좋은 일을 당했을 때, 우리 뇌는 기쁨을 느낀다는 겁니다. 평소 질투하던 정도가 심할수록 기쁨과 만족의 강도는 더욱 세지고요.

두 번째, 상대가 내 마음을 깊이 이해할 가능성이 낮습니다. 친밀감이 충분히 형성되지 않은 상태에서 누군가의 아픔을 온전히 받아들이기란 쉽지 않습니다. '아직 우리 그 정도 관계는 아닌 것 같은데'라며 부담스러워할 수도 있고요. 그나마 같은 고통을 겪어본 경험이 있다면 공감할 수 있겠지만, 그렇지 않은 경우 실제 그가 내 아픔에 공감하고 있을 확률은 매우 낮을 겁니다. 이를테면 미혼에게 기혼으로서의 괴로움(배우자와의 다툼 등)을 털어놓거나, 학생에게 직장인으로서의 고충(상사와의 문제등)을 털어놓는다면 말이죠. 물론 겉으로는 동감하는 것처럼 반응해 주겠지만요.

타인에게 위로를 바라는 마음은 문제의 근본적인 해결책이 되지 못합니다. 잠깐 마음을 털어놓음으로써 후련해지긴 하겠지만 그리 오래가지 않을 겁니다. 힘겹게 아픔이나 고통을 털어놓았는데 생각보다 상대위로의 수위가 약하면 오히려 그 또한 상처가 됩니다. 괜히 털어놓았다가 기대와 다른 반응이 나오게 되면 지레 실망하게 되고요. 상처를 치유하려고 얘기했다가 도리어 스스로 상처를 더 받는 형국입니다.

혹시 지금 힘든 일을 겪고 있다면,
그 힘듦을 알아주지 않는 상대에게 한 번 더 상처받고 있다면,
위로받을 대상을 가장 가까이에서 찾아보는 건 어떨까요?

자기 자신을 꼭 껴안아 주세요.
그리고 이렇게 말해주는 겁니다.

"많이 힘들었지?
잘 견뎌줘서 고마워.
지금도 충분히 잘하고 있어."

기대하지
않으면
실망할 일도
없습니다

내가 이렇게까지 해주었는데, 왜 상대는 해주지 않을까,

내가 항상 먼저 양보했는데, 왜 상대는 양보하지 않을까,

내가 지금까지 희생했는데, 왜 상대는 희생하지 않을까…….

인간관계에서 많은 갈등의 시작은 '기대'에서 비롯된다고 생각합니다. 기본적으로 무언가를 바라면, 그 일이 성사되지 않았을 때 실망하게 됩니다. 그리고 보통 '기대'는 내가 상대에게 무언가를 베풀었을 때, 더욱 커지고는 합니다. 내가 예전에 투자한 게 있으니 거둬들이고 싶다는 보상심리가 발동되는 거지요.

가끔 떠올리면 이불킥하게 되는 기억이 있습니다. 공무원 시험 준비를 핑계로 허송세월하던 때였습니다. 공부는 공부대로 집중 못 하고 자존감이 바닥으로 떨어진 우울한 나날을 보내고 있었습니다. 당시 수험생이랍시고 모든 인간관계도 단절했습니다. 근거리에 살던 친구 K와 간

간이 연락을 주고받는 게 전부였죠. 유리알 같은 마음 상태였던지라 K에게 적잖이 의지하고 있었습니다. 힘들 때면 K에게 연락해서 하소연하기도 하고, 도서관 땡땡이칠 때는 K와 함께 시간을 보내기도 했습니다. 괴로운 수험생활에서 K는 한 줄기 빛과 같았지요. 그러던 중 K의 생일이 다가왔습니다. 항상 위로가 되어주는 K에게 특별한 선물을 해주고 싶었습니다. 수중의 돈을 탈탈 털어 선물을 사고, 꾹꾹 눌러 쓴 생일 카드를 챙겨주었습니다.

시간은 흘러 몇 달 뒤 제 생일이 되었습니다. 주변 연락을 차단해서인지 아무에게도 축하 연락이 오지 않았습니다. 괜히 쓸쓸하고 적적한 마음에 '그래도 K는 축하해주지 않을까?' 기대했건만 깜깜무소식이었죠. '어떻게 생일에 축하 한 마디 없을 수 있지? 나는 챙겨줬는데……' 서운함이 휘몰아쳤습니다.

한참을 꽁해 있다가, K에게 그때 사실 섭섭했노라고 털어놓았습니다. K는 의아해하며 말했습니다. "난 너 공부하는데 방해될까 봐 그랬지. 나중에 제대로 챙겨줄 생각이었어." 그 말을 듣는 순간, 민망함에 어디론가 숨고 싶어졌습니다.

K에게 서운했던 이유 역시 '기대'에서 출발한 것이었습니다. 내가 K를 생각하는 만큼, K도 나를 챙겨주길 바랐던 것이었죠. K가 해달라고 하지 않았음에도 내 멋대로 해주어 놓고, 돌아오는 게 기대만 못하다며 실망했던 겁니다.

'내가 이만큼 해주었으니 너도 이만큼 해줘야지'라며 기대하는 순간, 상처받을 마음의 준비를 하는 것과 같습니다. 반대로 기대하지 않으면 실망하거나 상처받을 일도 없습니다.

사실 상대의 마음은 내가 어찌할 수 없는 영역입니다. 내가 컨트롤하지 못하는 상황에 얽매여 괴로워할 바에는, 내 마음 가는대로 하는 편이 더 낫습니다. 단지 상대에게 '해주고 싶은지'만 생각하는 거지요. 호의든 그 무엇이든 내가 해주고 싶으면 해주고, 하기 싫으면 하지 않는 겁니다. 만약 해주었다면, 해줬다는 사실을 잊어버리는 것도 한 방법입니다. 그러면 기대치 않게 상대가 잘해주었을 때 오히려 고마운 마음이 듭니다. 혹여 그에 못 미치더라도 기본적으로 기대가 없었기에 실망할 확률도 줄어들고요. 괜히 복잡하게 계산기 두드리며 신경 쓸 일이 없어집니다.

火

이렇게 '기대하지 말자'를 주문처럼 되뇌다가도, '기대하지 말자'에 지나치게 얽매이는 것 자체가 기대의 연장선이 아닌가 싶을 때도 있습니다. 그럴 때면 생각의 소용돌이에 휘말리곤 합니다.

> **'타고 나길 기대할 수밖에 없는 건가' 싶다가,**
> **'기대하면 또 실망할 텐데' 싶다가,**
> **'사람 사는 게 기대도 하고**
> **상처도 받고 그런 거 아닌가' 생각이 들면서**
> **'너무 방어적인 건가' 싶다가,**
>
> **또……**

재테크하기 좋은
'수요일'

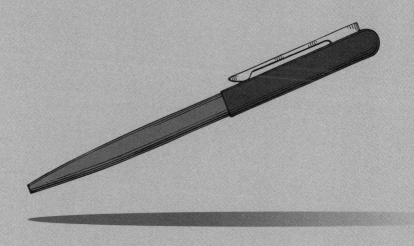

당신의 'Why'는 무엇인가요?

한때 로또 대박의 꿈을 꾼 적이 있습니다(당첨금으로 평생 먹고살 정도가 되던 시절이었습니다). 퇴근 후에 동료들과 회사 근처 명당에서 복권을 사고, '우리가 만약 당첨이 되면!'이라는 가정으로 들떴던 기억이 납니다. 누군가는 당첨이 되면 일단 집을 살 거라고 했고, 누군가는 회사부터 때려치울 거라고 했습니다. 그렇게 행복한 상상을 마친 뒤에는, 다음 주 출근 안하면 당첨된 줄 알자는 말을 건네며 헤어졌지요(물론 월요일에 모두 이변 없이 출근하곤 했습니다).

그렇게 로또를 사던 당시, 돈에 대한 관념은 막연했습니다. 그저 많으면 많을수록 좋겠다고 어렴풋이 생각했을 뿐입니다. 누군가 쉽게 돈 버는 정보를 흘릴 때면, 나도 한 번 해볼까 하는 생각으로 귀가 팔랑거렸습니다. 돈을 좋아하긴 했지만, 정작 돈에 대해 진지한 관심은 없던 때였습니다.

그러던 어느 날, TED 강연을 통해 사이먼 시넥(Simon Sinek)의 '골든 서클(Golden Circle)' 이론을 알게 되었습니다. '골든 서클' 이론의 핵심은, 모든 일을 '왜(Why)'에서 시작해야 한다는 겁니다.

대부분의 사람들은 '무엇(What) - 어떻게(How) - 왜(Why)' 중에 주로 '무엇'과 '어떻게'에 집중합니다. 무슨 일을 어떻게 할까에 신경 쓸 뿐, 그 일을 왜 해야 하는지는 크게 고민하지 않는다는 거죠. 하지만 성공하는 사람들은 완전히 반대의 패턴으로 생각하고 행동하며 커뮤니케이션한다고 합니다. '무엇'을 '어떻게'보다, 본질적인 '왜'에 먼저 집중하는 거죠. '왜' 그걸 하고 싶은지에 먼저 집중하고, '어떻게' 할 것인지를 생각하고, 비로소 '무엇'을 할지를 정한다는 겁니다.

그날도 어김없이 구매한 복권을 바라보며 '골든 서클'을 돈에도 적용해볼 수 있지 않을까 생각했습니다. '왜(Why)'를 접목하여 질문을 던져보았습니다. '나는 왜 로또에 당첨되고 싶은가(경제적 자유를 이루고 싶은가)?' 예상대로 질문은 낯설고 불편했습니다. 돈이 많으면 '왜' 좋은지에 대해 그 동안 깊이 생각해본 적이 없었으니까요. 그냥 집을 사고 싶어서, 부자가 되고 싶어서 말고는 다른 답이 떠오르지 않더군요. 하지만 그게 근본적인 이유가 아니라는 건 알았습니다. 아무리 고심해도 생각이 정리되지 않았습니다. 그냥 그렇게 마음 한 귀퉁이에 밀어두고는 몇 년을 흘려보냈죠.

얼마 전에 다시 '골든 서클'을 떠올렸습니다. 그때는 하지 못했던 답을 이제는 생각해낼 수 있을 것 같았습니다. 그리고 드디어 나름의 답을 찾았습니다.

제가 경제적 자유를 이루고 싶은 이유는 '금전적 이유로 선택에 제한받지 않는 삶을 살고 싶기 때문'입니다. 그동안 경험해보니 자본주의 사회에서 돈이란, 곧 '선택의 자유'를 의미할 때가 많았습니다. 그리 넉넉

한 형편이 아니었던지라, 어려서부터 무언가를 선택할 때 금액에 대한 걱정을 많이 했습니다. 비용 부담이 큰 결정은 시작 전에 지레 포기하기도 했고요. 내가 무엇을 하고 싶은가에 앞서, 비용이 얼마나 드는지를 먼저 생각했습니다.

사회생활하며 돈을 벌다 보니 어느 정도 여유가 생겼지만, 여전히 무언가를 시도할 때 금전적인 부분을 고려하지 않을 수 없었습니다. 하고 싶은 것들에는 대부분 돈이 들었습니다.

여행을 갈 때도, 뮤지컬이나 클래식, 전시회 등 문화생활할 때도, 습관적으로 가성비를 따지곤 했습니다. 여행 숙소를 정할 때 적은 비용으로 퀄리티가 좋은 곳을 찾기 위해 애쓴다든지, 공연 좌석은 A석 중에 최대한 좋은 자리를 찾으려 노력한다든지 하는 식으로 말이죠. 가끔 할인이나 각종 쿠폰, 적립금을 받으려 열심히 인터넷을 뒤지기도 했습니다. 어떻게든 합리적인 비용으로 만족스러운 결과를 내보려 애썼지요. 때로 그렇게 소모하는 에너지가 아까울 때면, 비용에 대한 걱정없이 자유롭게 선택할 수 있는 삶을 꿈꾸었습니다.

금전적 여유는 무언가를 '선택'할 자유뿐 아니라, 그 선택에 '실패'할 자유에도 영향을 주곤 했습니다. 예상치 못하게 계획이 틀어지는 순간 비용이 발생하곤 했거든요. 예를 들어 여행에서 일정의 변동은 곧 위약금 등의 추가 비용이 든다는 것을 의미했습니다. 여유가 없던 시절, 운전면허나 어학 시험도 어떻게든 한 번에 통과하려 노력하기도 했습니다. 재시험은 곧 계획에 없던 지출을 뜻했기 때문입니다. 금전적인 여유가 있었다면 쉽게 '다시 하면 되지'라고 생각했을 겁니다. 실패하더라도 다시 도전할 수 있는 충분한 비용이 있으니까요. 예기치 못한 돌발 상황에도 유연하게 대처할 수 있었을 거고요.

㊌

'왜' 경제적 자유를 이루고 싶은지에 대한 나름의 답을 찾고 보니, 비로소 '어떻게'와 '무엇'에 관심이 가게 되었습니다. 어떻게 경제적 자유를 얻을 수 있을까, 구체적인 실행 방안은 무엇일까, 생각하다 보니 다양한 재테크 방법을 스스로 찾아보게 되었습니다. 누군가 추천하는 재테크 노하우도 그냥 수용하는 것이 아니라, 항상 판단의 중심에서 '그게 왜 좋은 걸까?'라고 되묻기 위해 노력했습니다. 누군가에게는 맞는 것이 내게는 틀릴 수도 있으니까요.

이쯤에서 문득 궁금해집니다.

경제적 자유를 원하시나요?

그렇다면, 당신의 'Why'는 무엇인가요?

첫 월급
받던 때로
돌아간다면

사회초년생 때 재테크가 중요하다는 것은 익히 들었지만, 그 누구도 속 시원히 알려주지 않아 답답했습니다. 주변의 카더라식 얘기에 이리저리 휩쓸리곤 했지요. 온갖 금융상품은 많은데 각종 용어도 낯설고, 내게 맞는 상품이 무엇인지 결정하기도 어려웠습니다. 예·적금조차 생소해서 은행 직원에게 정말 사소한 것 하나까지도 질문했던 기억이 납니다.

어느 날 타임 슬립을 주제로 한 영화를 보다가 문득 그런 생각을 해보았습니다.

'만약 내가 첫 월급 받았던 때로 돌아간다면(지금 모습 그대로), 재테크를 어떻게 했을까?'

〈Step 1〉 자산현황표 작성

엑셀을 펼쳐두고 자산현황표를 작성하겠습니다. 먼저 급여처럼 고정적으로 들어오는 수입을 기재합니다. 그에 대비해서 통신비, 보험료, 교통비 등 다달이 빠져나가는 지출 금액과 출금 날짜를 기록하고요. 만약 대출을 받고 있다면, 상환기간은 언제까지이며 원금과 이자 납부액이 얼마인지도 꼼꼼히 체크하겠습니다. 이렇게 현황표를 작성하게 되면 현재의 자산 규모를 한 눈에 볼 수 있다는 장점이 있습니다. 앞으로의 현금 흐름도 예측할 수 있고요. 자산현황표는 작성한 이후에도 주기적으로 업데이트해줄 겁니다.

〈Step 2〉 목표 설정

목표 금액과 달성 기한을 설정하겠습니다. 언제까지 얼마를 모은다는 목표가 명확하다면 어떻게 노력해야 할지 구체적으로 생각하게 되니까요. 내 자산 수준에 맞는 재테크 방법에는 어떤 것들이 있는지, 최소 월에 어느 정도 금액을 저축해야 하는지, 지출은 앞으로 얼마나 줄여야 할지 등 현실적으로 달성 가능한 플랜을 세울 겁니다. 목표를 수시로 들여다보면 소비 지름신을 자제시키는 데도 도움이 되겠죠.

〈Step 3〉 통장 분산하기

통장은 목적에 따라 분산하겠습니다. 월급 통장과 생활비 통장을 따로 만들 겁니다. 월급 통장에는 고정 지출 금액이 모두 빠져나갈 수 있도록 설정해두겠습니다. 나머지 금액은 전부 생활비 통장으로 옮겨두고요. 이렇게 통장을 나눠두면 지출 목적에 따른 돈의 흐름을 확인하기 쉽습니다. 고정 지출 비용을 생활비로 써버리는 문제도 방지할 수 있지요. 통장은 증권사 '종합자산관리계좌(CMA)'나 은행의 '파킹 통장'처럼, 수시 입출금이 가능하며 이율이 높은 것으로 만들겠습니다.

〈Step 4〉 저축 상품 가입하기

정부에서 지원하는 청년 대상의 적금 상품이 있는지 먼저 알아보겠습니다. 일정 금액을 만기까지 납입하면 정부에서 지원금을 보조해주거나, 파격적인 금리혜택을 주는 상품이 당시에도 있었을 겁니다. 이런 상품을 잘 활용하면 종잣돈 마련에 큰 도움이 되지요. 일반 적금을 든다면, 금액은 가혹하다 싶을 정도로 높이 설정하여 자동이체를 걸어둘 겁니다. 딱 용돈 정도만 남기고요. 강제적으로 세팅 해놓아야 불필요한 지출을 하지 않게 되거든요.

그렇게 만기가 되어 돈이 모인다면, 그 돈을 예금으로 묶어두겠습니다. 적금은 다시 새로 들고요. 예·적금은 금액을 쪼개어서(만기일을 달리하여) 통장 여러 개로 나눠들 겁니다. 급한 돈이 필요할 때 통장 하나만 해지하면 되게끔 말이죠.

주택청약종합저축은 별도로 꼭 들겠습니다. 납입 금액 뿐 아니라 납입 횟수 역시 중요하므로 빨리 가입할수록 유리하니까요. 주택 마련이라는 목적성이 있으므로 예·적금과 달리 해지하기도 쉽지 않습니다. 반강제적으로 저축할 수 있으니 목돈 마련에 도움이 될 겁니다. 매해 연말정산 소득공제 혜택은 덤이고요.

〈Step 5〉 투자에 관심 두기

예·적금을 꾸준히 모아서 어느 정도 여유가 생긴다면, 투자에 관해서도 공부해보겠습니다.

일반적인 주식이나 부동산 투자 뿐 아니라, ETF(Exchange Traded Fund), 리츠(REITs), 채권, 원자재부터 NFT(대체불가능토큰), 메타버스, 블록체인 등 미래 먹거리 투자까지, 지금처럼 그 시대에도 여러 유망한 투자처가 있었을 겁니다. 기회를 놓치지 않도록 미리 살펴보고 동향 파악을 해두겠습니다. 여력이 된다면 해외증시도 눈여겨보고요. 많은 상품을 비교하고 분석하다 보면 고르는 안목이 길러질 겁니다. 어느 정도 공부가 되었다면, 여유자금으로 내게 맞는 투자를 조금씩 경험해보고 나의 투자 성향이 어떤지 파악해보겠습니다.

〈+〉 경제신문 읽기

경제신문을 구독해서 꾸준히 읽겠습니다. 세상을 넓은 관점에서 바라볼 수 있으니까요. 매일 다량의 정보를 접하며 새로운 트렌드를 캐치하거나, 번뜩이는 아이디어를 얻을 수도 있고요. 장기적으로 관찰하다 보면, 변화에 일정한 패턴이 있음을 느끼게 될 겁니다. 이는 앞으로의 경제 흐름 예측에 도움이 되고, 유망 섹터를 전망하는 감을 길러줄 테지요.

또한 좋은 기사를 많이 접하면 논리적으로 글 쓰는 능력이 향상되므로, 각종 보고서 작성에도 많은 도움을 받게 될 겁니다(어쩌면 승진이 빨랐을 지도요).

지금 알고 있는 것을 그때도 알고 있었더라면, 아마 지금과 통장 잔고가 꽤 차이 나지 않았을까…… 생각하다가, 아무 의미 없다…… 고개를 저으며 현실로 돌아옵니다.

투자를
시작하며
기억해야 할 것

저는 흔히 말하는 금융문맹이었습니다. 워낙 경알못(경제를 잘 알지 못하는 사람)이기도 했고요. 은행 직원이 여러 상품을 추천해도 우직하게 원금 보장이 되는 예·적금만 들었습니다. 원금 손실이 두려워서 그 흔한 펀드 한 번 가입해본 적이 없습니다. '투자'라고 하면 떠오르는 이미지는 '나쁜 것, 하면 안 되는 것, 재산 탕진' 이렇듯 부정적이었습니다. 절대 쳐다보지도 말아야 할 것으로 생각했었죠. 맹목적인 거부반응이었습니다.

벽을 치고 내가 아는 세계만이 정답이라고 생각했습니다. 틀 안에 갇혀 있던 셈입니다. 그사이 준비된 사람들이 발 빠르게 기회를 낚아채 갔지요. 내가 판단하여 투자하지 않기로 결정하는 것과 몰라서 하지 못하는 건 다르다는 것을 미처 몰랐습니다. 점점 마음을 열고 보니, 투자가 마냥 나쁜 것만은 아니라는 걸 알게 되었습니다. 그리고 결정적으로 투자를 긍정적으로 생각하게 된 계기가 있습니다.

직장에서 담당했던 사업을 자체 운영하다가 처음 업체와 계약을 맺어

진행하게 되었습니다. 계약 후 원래 A부터 Z까지 제가 했던 일을 업체에 일임하게 되었죠. 직접 사업을 운영하기에는 물리적으로 여력이 없으니, 위탁업체에 실무적인 일을 맡긴 겁니다. 혼자서 끙끙대며 했던 모든 일을 위탁하니 신세계가 열리더군요. 중간중간 진행 과정을 체크하고, 관리 감독만 하면 되므로 일은 효율적으로 빠르게 진행될 수 있었습니다. 그동안 과부하였던 업무량도 눈에 띄게 줄었고요. 직장에서 위탁업체에 대금을 지불하고, 그 돈으로 업체는 과업을 수행했습니다. 투자 관점에서 보자면, 직장이 투자자인 셈이고, 업체가 투자한 회사가 되는 셈이죠. 제가 휴가를 가거나 자리를 비워도 일의 추진은 업체에 의해 계속됩니다.

주식투자 역시 마찬가지라고 느꼈습니다. 내 몸은 하나인데 직접 일해서 벌기에는 시간적, 금전적으로도 한계가 있습니다. 월급쟁이 생활은 내가 직접 일하지 않으면 소득이 발생하지 않습니다. 하지만 투자하면 내가 일하지 않아도, 투자한 회사 직원들이 열심히 일해 준다는 장점이 있지요. 투자자로서 내가 선택한 회사의 직원들이 열심히 일해서 수익이 나는 모습을 볼 때, 굉장히 뿌듯합니다. 물론 상황과 각종 변수에 따라 성과는 잘 나올 수도, 못 나올 수도 있지만요. 비록 나는 현실에서 소소한 월급을 받고 있지만, 투자한 굴지의 회사들을 바라볼 때면 심적으로도 든든한 마음이 듭니다.

물론 투자가 좋은 점만 있는 건 아닙니다. 원금 손실의 위험이 있기 때문인데요. 초심자의 행운으로 꽤 높이 난 수익을 보고 투자에 자만했던 적이 있습니다. "수익률은 적어도 10년 치는 보고 얘기해야지"라는 주변의 말을 흘려들었지요. 하지만 그 말처럼 오래지 않아 전혀 예상치 못한 악재로 폭락장을 경험하게 되었습니다. 그동안 너무 오만했구나 싶더군요. 온통 파란 불(손실)로 흘러내리는 계좌를 볼 자신이 없어, 한동안 시스템에 접속하지 않기도 했습니다. 그때 문득 여유자금이 아니었다면, 한 번에 큰 금액을 투자했다면, 빚을 냈다면 어땠을까 생각하니 등골이 오싹해지더군요. 당장 써야 할 돈이 있었다면 손실을 보더라도 울며 겨자 먹기로 팔았을 겁니다.

투자를 시작하며 가장 많이 접했던 워런 버핏의 격언이 있습니다.

처음에는 '당연한 소리'라며 듣고 잊어버렸는데, 시간이 지날수록 이보다 중요한 말은 없다는 걸 뼈저리게 느낍니다.

"첫째, 돈을 잃지 말라.

둘째, 첫 번째 원칙을 잊지 말라."

어디에
주로
소비하나요?

평소 소비하는 항목을 보면 대략 어떤 사람인지 드러난다고 생각합니다. 보통 내가 행복하고 만족감이 느껴지는 곳에 돈을 쓰곤 하니까요.

행복에 영향을 주는 소비에는 크게 두 가지가 있습니다. 옷이나 전자기기 등을 사는 '소유 소비'와, 여행이나 공연 관람 등에 지출하는 '경험 소비'인데요. '소유 소비'를 하면 물건이 생기고, '경험 소비'를 하면 경험과 추억이 쌓입니다. 저는 20대에 주로 '소유 소비'에 가치를 두었습니다. 물건을 구매하는 것에 행복을 느끼는 편이었죠. 단순히 소유하고 싶은 마음에 사고, 가지게 된 물건을 애지중지하는 과정을 반복했습니다.

오래전 소유했던 '흰 구두'도 마찬가지였습니다. 비싼 가격에 큰마음 먹고 산 구두였습니다. 바로 신기 아까워서 신발장에 고이 넣어두었지요. 한동안은 그냥 바라만 봐도 행복했습니다.

그렇게 한 달 동안 모셔만 두다가, 드디어 어느 출근길에 신게 되었습니다. 현관문을 나서는 순간부터 고독한 전쟁이 시작되더군요. 무언가에 묻거나 긁힐까 잠시도 방심할 수 없었습니다. 특히 만원 버스 안에서 조심하기란 쉽지 않았습니다. 이리저리 휩쓸리는 틈에서 어떻게든 구두를 사수하고자 낑낑댔습니다. 누군가 발을 밟지는 않을까 잔뜩 예민해졌고요. 평소에는 창밖을 보거나 음악에 귀를 기울였던 것과 달리, 온 신경이 구두에 집중되어 있었습니다. 주변의 모든 것은 관심 밖이었지요. 버스 안에서 무사히 구두를 사수하고 지하철로 갈아타러 가는 길, 참사는 예상치 못한 곳에서 일어났습니다. 에스컬레이터에서 발을 헛디뎌 구두 뒤쪽이 쓸리고 만 거죠. 새하얗던 뒷굽엔 보기 흉한 검정 줄이 사선으로 그어져 있었습니다. 속이 상해서 발을 동동 굴렀지만, 이미 돌이킬 수 없는 일이었습니다.

구두는 처음 구매했을 때와는 다르게, 어느 순간 불편함을 가득 안겨주었습니다. 이런 일은 잊을만하면 한 번씩 반복되었습니다. 새로운 물건은 사들일 때 잠시 기분이 좋았을 뿐, 시간이 지날수록 마음을 옭아맬 때가 많았습니다(비쌀수록 더욱 그랬습니다). 오염되거나 흠집 날까 봐 신경을 곤두세우기도 했고요. 그럴 때면 내가 물건을 착용하는 건지, 물건이 나를 데리고 다니는 건지 불분명할 때가 있었습니다. 지나치게 신경 쓰느라 불필요한 에너지를 소모했지요. 소유할수록 그에 얽매이고 있다는 것을 알게 되었습니다.

반면, '경험 소비'는 달랐습니다. 여행, 공연 등 무언가를 경험하는 데 쓴 비용은 대부분 만족스러웠습니다. 가장 큰 차이는 행복의 총량이었습니다. 구매하는 순간 반짝 기분 좋았던 '소유 소비'와 다르게, 경험은 행복을 느끼는 시간이 훨씬 길었습니다. '여행지의 풍경은 어떨까', '이 공연은 어떨까' 등 소비하기 전부터 설렘과 기대감이 일었습니다. 경험하는 그 순간뿐 아니라 이후에도 추억을 되새기며 만족감이 꽤 오래 남았습니다. 이러한 긍정적인 경험이 반복될수록, '소유 소비'보다 '경험 소비'에 흔쾌히 비용을 지불하게 되었습니다. 이전에는 소유에 치우쳐 있던 소비 가치의 축이 점점 '경험 소비'로 기울어졌지요.

누군가는 '경험 소비'보다 '소유 소비'에 주로 행복을 느끼기도 합니다. 좋아하는 물건을 소유하는 데에서 오는 만족감에 더 큰 가치를 두기도 하고요. 중요한 건 '경험 소비'를 하느냐, '소유 소비'를 하느냐가 아닌, '본인이 행복을 느끼는 소비를 알고 있느냐'라고 생각합니다. 사람마다 인생에서 중요하다고 여기는 가치는 모두 다릅니다. 나만의 소비 가치관을 확립하게 되면, 무분별한 소비가 줄어들고, 적정 비용으로도 최대의 만족을 느낄 수 있습니다. 의미 없는 것에 에너지를 덜 소모하며, 꼭 필요하고 중요한 것에만 선택과 집중을 할 수 있지요.

만약 아직 소비 철학이 정립되어 있지 않다면, 발견에 도움이 되는 세 가지 방법을 소개합니다.

첫째, 내가 무엇을 소비할 때 행복한지 떠올려 봅니다. 행복은 주관적이므로 사람마다 행복을 느끼는 요소는 제각각입니다. 내가 무엇에 심리적 만족감을 느끼는지 알아야, 어디에 주로 소비해야 할지 선택할 수 있습니다.

둘째, 소비 이후의 감정을 관찰해봅니다. 소비하고 나서 마음이 어떤지 들여다보는 겁니다. 편안하고 행복한 소비가 있는가 하면, 왠지 모를 불편함이 느껴지는 소비도 있습니다. 마음이 평화로운 소비가 내 가치관에 맞는 소비일 가능성이 큽니다. 반대로 돈을 쓰고도 매번 공허한 마음이 든다면 무엇이 잘못된 건지 되짚어 볼 필요가 있습니다.

셋째, '나만의 소비 리포트'를 작성해봅니다. 소비 패턴을 정리하여 기록하고, 지출 항목 옆에 소비한 이유를 적어보는 겁니다. 주로 '어디'에,

'왜' 소비하는지를 적어보면 평소 가치관을 알 수 있거든요. 작성 후에 불필요한 지출이 있는지 살펴봄으로써, 절약 가능한 항목이 있는지도 파악할 수 있습니다. '나만의 소비 리포트'는 소비 철학이 확립될 때까지 주기적으로 작성해보면 좋습니다. 업데이트할 때마다 가치관을 재점검해보는 기회로 삼을 수도 있고요.

각각의 소비 항목은 어떤 관점에서 보느냐에 따라 전혀 다르게 해석되기도 합니다. 예를 들어 단순히 남에게 보이기 위한 과시형으로 옷을 구매한다면 '소유 소비'라고 볼 수 있습니다. 하지만 디자이너로서 패션 트렌드 파악을 위해 옷을 산다면 '경험 소비'에 가깝겠지요. 같은 소비더라도 어떤 의미를 부여하느냐에 따라 마음가짐도 달라질 수 있습니다. 정답은 없습니다. 각자의 가치관에 따라 정의하면 되니까요.

결국 '무엇에 소비하느냐'는, '어떻게 인생을 살 것인가'와 맞닿아 있는 문제라고 생각합니다.

소비도 자연스럽게 평소 인생철학과 닮아가게 되거든요.

당신은 요즘, 어디에 주로 소비하시나요?

안 쓰는 만큼, 버는 겁니다

예전에 어느 재테크 강의를 들은 적이 있습니다.

강의 도입부에 강사가 말했습니다. "당장 만 원 버는 법, 알려드릴게요." 사람들이 웅성웅성 대기 시작했습니다. 다들 기대감에 차서 눈을 반짝였지요. 강사는 잠시 뜸을 들인 후 말했습니다. "지금 만 원을 안 쓰는 겁니다." 실망스러움에 몇몇은 야유를 보냈고, 헛웃음을 짓는 사람도 있었습니다. 하지만 그 뒤로 이어진 절약에 관한 내용은, 왜 그런 파격적인 도입부로 시작했는지 고개를 끄덕이게끔 했습니다. 언뜻 조삼모사 같지만, 안 쓰는 만큼 버는 것이란 말은 사실 일리가 있습니다.

사회생활을 시작하면 버는 돈 만큼 나가는 돈 역시 만만치 않아집니다. 분명 월급이 찍혔던 것 같은데 무섭게 빠져나가는 각종 비용에 어느 순간 사라진 텅장(텅 빈 통장)과 마주하게 되지요. 우리는 어떻게 하면 빨리 많은 돈을 벌 수 있을까에 골몰하지만, 정작 나가는 돈에는 둔감한 경우가 많습니다. 수입이 한정적이라면, 지출을 관리하고 통제하는 수밖에 없습니다. 저에게는 지출할 때 지키는 몇 가지 원칙이 있습니다.

첫째, 경제 수준에 맞는 소비를 하려 노력합니다. 한때 수준에 맞지 않은 무리한 소비를 한 적이 있습니다. 당시에는 타인의 시선이 중요했고, 명품을 걸치면 내 가치가 올라간다고 생각했습니다. 겉치장이 화려해질수록 통장은 홀쭉해졌고, 남은 건 공허해진 마음뿐이었습니다. 경제 수준보다 과도한 소비는 지나고 보니 부질없는 짓이더군요. 굳이 그런 과시보다는 실속이 중요했던 건데, 생각 없이 흘려보낸 비용이 아깝습니다.

둘째, 새는 돈을 줄이려 합니다. 소비는 습관이라고 생각합니다. 굳이 대중교통이 가능함에도 습관적으로 택시를 타거나, 저렴하다는 이유로 불필요한 물품을 여러 개 구매하거나, 가격 비교하지 않고 충동적으로 사는지 점검하곤 합니다(사회생활 초반엔 가계부도 작성했습니다). 의식적으로 절약하는 것을 반복하다 보면 체화가 되죠. 아무리 소소한 지출이라도 가볍게 여기지 않게 됩니다. 소비하기 전에 자문해보는 과정도 도움이 됩니다. '이게 진짜 필요한 건가?', '내일도 필요하다고 느낄까?' 이렇게 생각해보는 것만으로도 충동구매나 불필요한 소비를 줄일 수 있습니다.

셋째, 고정 지출을 분기에 한 번씩 점검해봅니다. 고정비는 매달 일정하게 나가는 금액이라고 생각해서 보통 그대로 둡니다. 하지만 자동이체가 되는 금액을 점검해보면, 절약할 수 있는 부분이 꽤 있습니다. 예를 들어, '보험 다이어트'라는 말이 한창 유행할 때 실비 보험을 점검해본 적이 있습니다. 보험 설계 당시의 보장 항목을 계속 유지했었는데, 다시 살펴보니 굳이 필요 없는 담보가 포함되어 있더군요. 불필요한 특약을 삭제하는 것만으로 상당한 보험료를 줄일 수 있었습니다. 통신비의 경우에는, 저렴한 알뜰폰 요금제를 사용하여 비용을 아낀 적이 있고요. OTT(Over The Top) 등 각종 구독 서비스도 마찬가지입니다. 넷플릭스를 꽤 오래 구독했었는데요. 구독해두고 보지 않는 날이 더 많았습니다. 어쩌다가 보는 날이면 온종일 그것만 붙들고 있다는 것도 문제였고요. 겸사겸사 해지하고 나니 비용도 줄고, 개인 시간도 늘어났습니다.

넷째, 신용카드와 체크카드를 병행하여 사용합니다. 사실 소비 습관 형성에는 체크카드가 좀 더 유리합니다. 현금 흐름을 바로바로 파악할 수 있기 때문이죠. 통장 잔액만큼만 사용할 수 있고 지출 즉시 현금이 빠져나가므로, 소비 계획을 세운 그대로 지켜나가기 수월합니다. 반면, 신용카드는 결제 금액이 바로 통장에서 빠져나가지 않으니, 계획적인 소비를 실천하기 쉽지 않습니다. 왠지 저렴하게 사는 것 같은 느낌에 할부를 남발하게 될 위험성도 있고요. 그럼에도 불구하고 신용도나 각종 할인혜택 등의 장점도 많으므로, 체크카드와 적절히 혼용하는 게 좋다고 생각합니다. 제 경우에는 계획이 가능한 고정비를 신용카드로 쓰고, 그 외의 변동비는 체크카드로 사용하고 있습니다.

물론 이렇게 신경 쓰려면 살짝 귀찮을 때가 있습니다. 하지만, 아낀 만큼 벌었다고 생각하면 나름 뿌듯하기도 합니다. 푼돈도 모이면 꽤 큰돈이 되거든요. 그리고 사실, 이 정도 절약은 고수의 발끝에도 못 미칩니다. 예전에 어느 짠돌이 재무 팀장님에게 들었던 말이 기억납니다.

"나한테 세상의 커피는 딱 두 종류야. 하나는 우리 집 커피, 다른 하나는 탕비실 커피."

당신은 오늘, 얼마를 버셨나요?

직장생활
은퇴
시나리오

첫 입사일에 퇴사를 꿈꿨다면 믿으실까요?

출근하자마자 회사 체질이 아니라는 걸 깨달았습니다. 물론 지금까지 직장에서 얻은 것들도 많지만, 직장인을 졸업하는 꿈은 포기하지 않았습니다. 머지않은 미래에 경제적 자유를 이뤄서 '직장생활에 종말을 고하다'라는 주제로 글 쓸 수 있기를 소망합니다. 직장생활을 그만두고 싶은 이유에는 몇 가지가 있습니다.

먼저, 자유롭고 싶어서입니다. 원할 때 마음 가는 대로 움직일 수 있는 자유를 꿈꿉니다.

직장생활은 노예생활과 비슷합니다. 시간과 노동력을 헌납해서 급여로 받는 거죠. 쉬고 싶을 때 쉬고, 일하고 싶을 때 일할 수 없습니다. 어차피 직장에 매어있는 한 상부의 지시를 따라야 하죠. 할 일을 다 해서 퇴근하고 싶어도, 정해진 시간까지는 퇴근하기가 힘듭니다(근무 형태가 자유로운 곳은 예외입니다). 연차라는 제도가 있긴 하지만 상사의 스타일에 따라 눈치 보여 쓰기 힘든 경우도 많고요. 때때로 발생하는 회식이나 워크숍 등도 고역입니다. 가끔 주말 시간까지 침범해도, 울며 겨자 먹기로 참석하는 수밖에 없습니다. 조직이라는 시스템 속에 있는 한 어쩔 수 없이 자유를 제약받는 삶이죠. 조직 전체 이익을 위해 나를 갈아 넣어 일해야 할 때가 많습니다.

다음으로, 아침 식사를 여유롭게 하고 싶어서입니다. 평소 아침잠이 많은 편입니다. 직장에 다니면 일찍 일어나서 준비하느라 아침은 먹는 둥 마는 둥 할 때가 많습니다. 먹더라도 시간에 쫓겨서 무슨 맛인지도 모르고 그냥 삼킬 때가 부지기수고요. 가끔 너무 피곤한 날이면 아침 식사는 건너뛰고 십 분이라도 더 잠을 청할 때도 있습니다. 원래 밥을 느리게 먹는 편이라 식사 시간이 최소 삼십 분은 걸리는데, 아무래도 출근 준비 중 삼십 분의 식사는 사치로 느껴집니다. 직장을 그만두면 제일 하고 싶은 건 아침을 여유롭게 즐기면서 먹는 겁니다. 갓 구운 빵에 커피를 내려 음악과 함께 먹는 아침, 직장생활 중에는 판타지일 수밖에 없습니다.

마지막으로, 온전한 '내 일'을 하고 싶어서입니다. 직장에서 '내 일'을 하기란 쉽지 않습니다. '조직의 일'을 하게 되는 거죠. 아무리 좋아하는 일이라도 업무가 되다 보면, 그 의미가 퇴색될 때가 있습니다. 때로 내가 생각하는 가치와 맞지 않더라도 해야만 하고요. 한 개인의 신념보다는 조직의 목표와 성과 달성 자체가 우선시되기 때문입니다. 아무리 커리어에 도움이 될 거라고 마인드 컨트롤을 해도, 결국 목적 자체는 회사 일입니다. 회사 일이 아닌 온전한 '내 일'을 하고 싶은 마음이 강하게 드는 순간, 퇴사 생각이 간절해집니다.

사실 그런 의미에서 보자면, '직장'을 그만두고 싶은 거지, '일'을 그만두고 싶은 건 아닙니다. 직장생활을 그만둔 뒤에라도 일은 계속하고 싶습니다. 일 자체가 주는 의미와 가치가 있으니까요. 억만장자가 일을 지속하는 이유는, 생계를 위해서가 아닌 일이 주는 순기능 때문일 겁니다. 내게 맞는 일은 일상생활에 활력을 불어넣거나 규칙적인 생활을 영위

하는 데 도움이 됩니다. 성취감도 느낄 수 있고요. 어느 정도 경제적 자유를 이루고 나면, 소득과 관계없이 내가 하고 싶은 일만 하는 사치를 부릴 수도 있습니다.

이토록 간절히 열망함에도 당장 관두기 어려운 이유는, 생계형 직장인이기 때문입니다. 현재 상황에서 월급 말고 뾰족한 수입이 없기에 다니고 있지요. 자본주의 사회에서 '돈'은 중요한 수단이기에 은퇴 계획도 어쩔 수 없이 소득을 중심으로 세우게 됩니다.

보통 직장인의 경우에 소득이 나오는 경로는 월급, 즉 '근로소득'뿐 입니다. 근로소득의 단점은 내 몸을 직접 움직이지 않으면 수입이 생기지 않는다는 겁니다. 죽이 되던 밥이 되던 직장에 몸담고 있어야 월급이 계속 들어오지요. 부모님 세대처럼 입사 이후 정년까지 무난히 다닐 수 있었다면, 그래도 충분히 감수할 만했을 겁니다. 미래가 보장되니까요. 하지만 경쟁이 치열해지며 불안정성이 높아졌고, 더 이상 직장에만 모든 것을 의탁하기 어려운 시대가 되었습니다. 그러므로 근로소득 외에 다른 소득을 고민하게 됩니다.

만약 재테크를 하고 있다면 '투자소득' 발생이 가능합니다. 예·적금, 주식, 부동산 등 다양한 투자 상품을 통한 수익을 기대할 수 있습니다. 하지만 맹점은 시드머니가 어느 정도 될 때의 얘기라는 겁니다. 종잣돈이 작다면 그다지 큰 수익을 기대하기란 어렵습니다. 투입하는 금액 단위가 커야 그 만큼, 수익금 단위도 커지니까요. 또한 투자가 잘 되지 않았을 때, 손실의 위험도 존재합니다. 변동성이 크므로 고정적인 수입이라고는 보기 어렵지요.

그다음으로 시도해볼 수 있는 건 '사업소득'입니다. 요즘 'N잡러(2개 이상 복수의 직업을 가진 사람)'로 활동하는 분이 많습니다. 본업 외에 다른 직업이 있다는 건, 여러모로 든든한 버팀목이 됩니다.

만약 바로 'N잡러'가 되기 어려운 상황이라면, 미리 준비라도 해두는 게 좋다고 생각합니다. 저 역시 주로 직장 다니며 글을 썼습니다. 물론 쉽지는 않습니다. 물리적인 여유 시간이 부족하기 때문이지요. 퇴근 후 저녁 먹고 씻고 나면 금세 잘 시간이 되기 일쑤였습니다. 다른 시간은 줄일 수 없으니, 잠을 줄이는 것을 택했습니다. 아침에는 한 시간 정도 일찍 일어나고, 밤에는 두 시간 정도 늦게 잠드니, 하루에 최소 세 시간은 확보가 되었습니다. 나머지 부족한 시간은 휴일에 주로 충당했고요. 바쁜 중에 오히려 시간이 난다는 말을, 틈틈이 글을 쓰며 체감한 것 같습니다.

직장생활 은퇴 시점을 언제로 생각하시나요? 제가 생각하는 이상적인 시나리오는 이렇습니다. 여타 소득을 합산한 금액이 '근로소득'과 비슷한 수준이 되거나, 혹은 앞으로의 수익이 그럴 것으로 예상될 때 퇴사하는 겁니다. 그러려면 단발성으로는 힘들고 지속해서 발생하는 여러 수입원이 있어야겠죠. 월급 외의 다양한 수익 파이프라인을 만들기 위해 계속 고민하고 있습니다.

얼마 전, 정년퇴직을 앞둔 상사에게 인사차 방문했습니다. 그와 차를 마시며, 그동안 재직하며 느낀 소회 등 이런저런 얘기를 나눴습니다. 그러다가 퇴직 이후의 계획에 대해 여쭈었고, 그가 대답했습니다.

"이제는 하고 싶은 걸 해볼까 해. 글을 써보려고."

매너리즘에 빠진
'목요일'

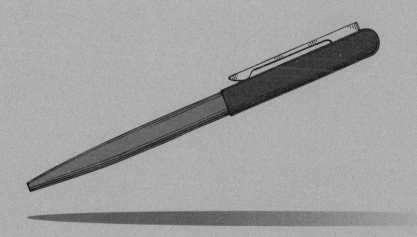

어느
목요일의
출근길

06:27, 알람을 끕니다.

06:33, 알람을 끕니다.

06:35, 알람을 끕니다.

06:37, 마지막 알람이므로, 더는 물러날 곳이 없습니다.

출근하기 싫다는 말을 중얼거리며 눈을 비비고는 좀비처럼 일어납니다. 화장실에서 졸음을 씻어낸 뒤에 부엌으로 가지요. 어제 사둔 빵을 담아 화장대 앞으로 갑니다. 입에 빵을 한 가득 넣고서 오물오물, 손은 쉴 새 없이 얼굴을 토닥토닥하고 바삐 머리를 만지죠. 매일 아침 루틴에 이제는 AI처럼 팔이 움직입니다. 문득 '미래에는 얼굴도 갈아 끼울 수 있지 않을까? 출근할 때만 메이크업 얼굴로 쓰고 싶다'라는 생각을 하다 보니 벌써 7시 반, "늦었어"를 연발하며 현관문을 뛰쳐나갑니다.

버스정류장까지 숨도 쉬지 않고 달립니다. 정류장에는 늘 그렇듯 열 댓명의 사람이 모여 있습니다. 그중 몇은 아침마다 보는 얼굴은 익숙하지만 모르는 사람입니다. 그들도 나를 흘낏 보지만 이내 의미 있는 사람이 아니라는 듯 바로 고개를 돌립니다. 노트북 가방을 어깨에 멘 그 남자도, 분홍색 핸드폰을 뚫어져라 쳐다보는 그 여자도. 다들 삶의 최전선으로 출격하듯 표정은 서늘합니다.

　이미 빽빽이 승객을 실은 몇 대의 버스가 정류장에 서지 않고 그냥 지나가 버립니다. 시간 맞춰서 등교해야 하는 학생에게도, 계약된 시각에 출근해야 하는 직장인에게도 지각은 무섭습니다. 다음 오는 버스를 보는 사람들의 표정이 비장합니다. 가까스로 열린 문틈 사이로 한두 명만이 겨우 탈 수 있는 공간이 허락됐습니다. 다음 버스를 타라는 기사님의 목소리가 무색하게 몇몇 사람들은 죽기 살기로 올라탑니다. 오로지 생존을 위해, 발 디딜 공간이라도 확보하려고 처절하게 올라타지요. 꾸역꾸역 이미 포화 상태를 넘어선 버스가 크게 출렁이고, 뒤이어 들리는 기사님의 문 닫는다는 소리. 어쩔 수 없이 몇몇이 손을 놓고 멀어지는 순간, 그 틈새를 파고들어 몸을 작게 웅크립니다. 짜증내는 사람들의 목소리도 들렸지만 지각해서 듣게 될 잔소리보다는 낫다고 생각하며 애써 외면합니다. 이내 떠나는 버스 창밖으로 낙오된 사람들이 보입니다. 미안한 마음이 들기도 하지만 어쩔 수 없는 상황이었다고 자위하며, 죄책감을 떨쳐봅니다.

　몇 정거장을 지나 어느새 하차할 정거장에 도착합니다. 만원 버스에서는 내리기도 쉽지 않습니다. 온몸을 버둥거려 가까스로 내려선 후, 갈아탈 지하철을 놓치지 않으려 헐레벌떡 뛰어갑니다. 승강장에서 무사히 열차 안으로 몸을 구겨 넣으면, 내내 졸였던 마음이 가라앉습니다. 출근하기 전에 이미 퇴근 후 몸 상태가 되어버렸습니다. 서서히 달리기 시작한 열차에서 까만 창문을 바라보니, 텅 빈 눈동자의 익숙한 얼굴이 비칩니다. 운 좋게 빈자리가 나면, 회색빛 의자에 앉아 눈을 감습니다. 찻간이 흔들리는 소리에 집중하고 있으려니 문득 드는 생각이 있습니다.

'내리기 싫다. 회사 가기 싫다. 아……. 열차가 멈추지 않았으면 좋겠어.'

간절한 기대와는 달리 열차는 목적지 역을 향해 빠르게 달려갑니다. 점점 가까워지는 그곳에 체념할 때쯤 "덜컹" 찻간이 크게 흔들립니다. 몇 초간의 흔들림 후에 다시 움직이기 시작한 열차는, 마치 진공상태에서 내달리는 듯 질주하기 시작합니다. 어느새 내려야 할 역도 지나쳐버리고 말지요.

"이번 역은 하와이, 하와이 역입니다. 내리실 문은 오른쪽입니다."

믿기 힘든 안내 방송이 들리고, 이내 열린 문 사이로 파랗다 못해 눈부신 바다가 펼쳐집니다. 매일 머릿속으로만 그리던 야자수가 손짓합니다. 햇볕에 반짝이는 에메랄드 바다 속에 몸을 담그고는, 물에 두둥실 떠서 참았던 숨을 토해냅니다. 거추장스러운 투피스 정장을 벗어 던지고 발을 옥죄고 있던 7cm 하이힐도 허공에 날려버립니다. 잔잔한 파도에 몸을 맡기고 가볍게 손과 발을 저으며 바다 깊은 곳으로 헤엄쳐갑니다. 원래 내가 이렇게 수영을 잘했던가. 몸이 마치 깃털처럼 자유자재로 떠다닙니다. 더 깊은 곳으로, 좀 더 깊은 곳으로, 수평선을 향해 손을 뻗을 즈음, 갑자기 집채만 한 파도가 입을 벌립니다. 피할 겨를도 없이 그 속으로 빨려 들어갑니다.

"이번 역은……입니다. 내리실 문은 오른쪽………." 멀리서 희미하게 익숙한 역 이름이 들려옵니다. 파블로프의 개처럼 숙였던 고개를 쳐듭니다. 잠시 꿈이라도 꿨던 걸까. 아직도 생생한 하와이의 해변을 떨쳐내려 머리를 세차게 흔들어봅니다. 이윽고 문이 열리고, 사람 숲을 헤치며 빠르게 7-2 플랫폼에 내려섭니다. 달콤한 꿈에서 깨어나야 할 시간입니다.

행여 지각할세라 하이힐을 고쳐 신습니다. 부리나케 달려 허겁지겁 사무실로 들어와서 컴퓨터를 켭니다. 출근 시각 10분 전, 간신히 출근 체크를 하고는 참았던 숨을 헐떡입니다. 인트라넷 메인 화면의 활짝 웃고 있는 증명사진이 왠지 낯설게 느껴집니다. '오늘도 힘찬 하루 보내세요!' 팝업창을 닫으며 중얼거립니다.

"오늘은 또 언제 퇴근하지"

뒤이어 들어온 동료도 가방을 털썩 던지며 가쁜 숨을 몰아쉽니다.

"아, 하마터면 지각할 뻔했네. 좋은 아침!"
"눈곱 좀 떼시지요."
"아차, 땡큐. 근데 방금 출근했는데, 지금 퇴근하고 싶은 거 실화냐?"
"그래도 내일 금요일!"
"그리고 은혜로운 월급날!"

동료와 하이파이브를 하고는 다시 모니터에 시선을 고정합니다.

'하와이는 무슨…. 일이나 하자'

퇴사하면 벌어지는 일

많은 직장인이 가슴에 사직서를 품고 출근할 만큼 사회생활은 녹록지 않습니다. 지금 이 순간에도 각자 어두운 터널 속에서 외롭게 분투하며 하루하루를 살아내고 있죠. 저 역시 '퇴사할까, 말까?' 참 많이 고민했던 기억이 납니다. 고민 끝에 마음을 다잡고 계속 다녔던 적도 있고, 결국 사표를 냈던 적도 있습니다.

20대의 퇴사는 다분히 충동적이었습니다. 그냥 그만두고 싶어서였으니까요. 계획도 딱히 없었고, 바로 이직할 마음도 없었으며, 퇴사 이후의 일을 깊이 생각하지 않았습니다. 무계획 퇴사를 하고 얼마 동안은 마냥 좋았습니다. 잠도 늘어지게 잘 수 있고, 더 이상 불편한 상사 얼굴을 보지 않아도 되며, 만원 버스를 타지 않아도 된다는 사실이 행복했습니다. 자주 만나지 못했던 친구도 실컷 만나고, 평일 오후 영화를 보기도 했으며, 백수만 누릴 수 있다는 런치 할인 뷔페를 먹기도 했습니다. 일할 때는 그리 안 가던 시간이 정말 쏜살같이 흘러가더군요. 한 일도 별로 없는 것 같은데 정신을 차려보면 어느새 오후 5시가 되어 있었지요. '지금쯤 이면 결재 받고 있을 시간인데.' 이렇게 전 회사 생각을 가끔 했던 것 같습니다.

그렇게 퇴사 후 석 달 정도 지났을까. 사람은 적응의 동물이라는 말처럼, 어느새 회사 밖 생활에 익숙해졌습니다. 잘 먹고 잘 쉬니 얼굴 살은 포동포동 올랐습니다. 반대로 통장 잔고는 홀쭉해져 갔지요. 매달 25일이면 따박따박 꽂혔던 작고 소중한 월급이 아쉬워지기 시작했습니다. 지금 남은 돈으로 얼마나 더 생활할 수 있을까, 밤마다 계산기를 두드리며 한숨을 내쉬었습니다.

퇴사하고 한동안 원 없이 만났던 지인들도, 시간이 지날수록 연락이 드물어졌습니다. 나 빼고 다 출근하는 친구들 사이에서 슬슬 심심해지기 시작했고요. 편한 옷만 입고 단장도 하지 않으니, 긴장감은 사라지고 몸도 마음도 늘어져만 갔습니다. 잘 차려입고 출근하는 사람들을 보며 가끔은 부러운 마음이 들기도 했지요.

회사라는 울타리를 벗어나고 보니, 이 외에도 직접적으로 현실에 부딪히는 것들이 많았습니다.

먼저 내가 누구인지 설명하기가 애매해졌습니다. 학교에 다닐 때는 무슨 학교 다니는 아무개라고 나를 소개했고, 직장 다닐 때는 어디에서 일하는 누구라고 소개하는 것이 익숙했습니다. 하지만 퇴사하니 직업이나 소속을 설명하기가 어려워졌죠. 무직은 왠지 어감이 그렇고, 전 직장 얘기하기도 뭐해서 주로 잠시 쉬고 있다며 얼버무리곤 했습니다. 각종 서류들에 직업을 무어라 적어야할지 고민할 때도 많았고요. 명함을 주고받는 자리에서는 멋쩍은 웃음만 지었습니다. 소속이 없다는 사실이 이토록 사회적 존재감을 흐릿하게 만들 줄은 몰랐습니다.

또한 회사에서 챙겨주었던 모든 것을 혼자서 해나가야 했습니다. 그동안 신경 쓰지 않았던 국민연금, 건강보험, 연말정산 등도 개인적으로 알아보며 챙겨야 했지요. 회사에서 지원해주던 실손 보험이나 건강검진 혜택도 사라졌고, 직장이 없어 소득 증명이 어렵다는 이유로 신용카드 발급을 거절당하기도 했습니다. 대출 등 각종 금융 서비스 이용에 제한이 생긴 것도 물론이고요. 직장 다닐 때는 쉽고 당연했던 보는 것들이, 퇴사 이후에는 수월히 지나가지질 않더군요. 학생 때는 학교가 보호막이었듯이, 회사 역시 사회적 방패막이가 되어주었다는 사실을 부인할 수 없었습니다.

여전히 직장생활은 고단하여, 요즘도 충동적으로 '때려치우고 싶다'라고 생각 할 때가 있습니다. 하지만 생각만 앞설 뿐 섣불리 실행에 옮기진 못합니다. 예전에 어디선가 들었던 말로 그 이유를 설명할 수 있을 것 같습니다.

"나이 들수록 용기가 부족해지는 이유는,
이미 너무 많이 알게 되었기 때문이다"

지금 하는
일에
만족하세요?

보통 '일이 즐겁다'보다, '일이 괴롭다'가 더 익숙하게 들립니다. 일이 즐거운 이유는 찾기 힘들지만, 괴로운 이유는 굉장히 여러 가지입니다. 업무의 과중함, 사람과의 갈등, 비전이 보이지 않는 회사 등 여러 가지 복합적인 요인들로 일은 싫고 불만족스러운 것이 됩니다.

친구들끼리 모이기만 하면, 일의 고단함을 토로하던 때가 있었습니다. 서로의 직장이 얼마나 최악이고 힘든지로 열띤 토론을 펼치곤 했지요. 상사는 이래서 별로고, 일은 저래서 힘들고, 하루하루가 지옥 같고 퇴사하고 싶다는 얘기를 경쟁하듯이 내뱉었습니다. 내가 더 힘들고, 내가 더 괴롭다는 말들의 향연이었습니다. 그런 소모성 대화를 마치고 집에 돌아올 때면 후련함보다는 왠지 모를 헛헛한 마음이 들었습니다.

헤어디자이너 Y선생님을 만난 건, 지독한 매너리즘에 빠져있던 그 무렵이었습니다.

Y선생님과는 처음 만난 그 순간부터 가까워졌습니다. 한눈에 나와 비슷한 결을 가진 사람이라고 생각했지요. 낯을 가리는 저를 단박에 무장

해제 시킬 만큼, 편안하고 온화한 매력의 소유자였습니다. 기술도 어쩜 그리 좋으신지, 그 손에서 탄생하는 스타일링에 감탄만 나올 뿐이었습니다. 작은 디테일 하나에도 결과물이 극적으로 달라지는 모습을 볼 때면 입이 떡 벌어졌고요.

직업적 능력뿐 아니라 평소 일을 대하는 태도도 인상적이었습니다. 아무리 사소한 질문도 성심성의껏 답변해주시는 건 물론, 하나하나의 스타일링이 모두 예술이라며, 작업에 굉장히 진심이셨지요. 아무도 보지 않을 것 같은 부분까지도 정성을 들이시곤 했습니다.

언젠가 그런 세밀한 곳까지 누가 보느냐는 제 말에, Y선생님은 차분히 대답했습니다.

"누가 안 보더라도 제가 알지요."

다른 사람의 시선 때문이 아니라, 본인의 내적 기준이었던 겁니다. 역시 선생님에게는 무언가 특별함이 느껴진다는 제 말에, Y선생님이 이어 말했습니다.

"저는 이 일이 너무 재미있어요. 지금도 새로운 스타일링 연구할 때면 얼마나 즐겁다고요."
"부럽네요…. 저는 돈 때문에 회사 다니거든요."
"일하면서 '괜찮은데?'라는 순간도 가끔 있지 않으세요?"
"음… 글쎄요…… 기억이 잘 안 나는데……"
"내 일도 나름 괜찮다고 생각하면, 아마 하루가 좀 달라질걸요."

Y선생님의 말이 한참을 머릿속에 맴돌았습니다. 사실 그 말마따나 환

경은 내가 통제할 수 없지만, 어떤 마음을 갖느냐는 내가 결정할 수 있는 영역입니다. 같은 자리에서 누군가는 만족하며 일하지만, 다른 누군가는 불평하며 일하곤 합니다.

　기분은 방치하면 우울하게 흐르도록 설계되어 있어서, 긍정적인 에너지를 가해야 한다는 말을 들은 적이 있습니다. 다시 말해 저절로 행복하게 살아지는 것이 아니라, 의식적으로 노력해야 한다는 건데요. 진부할 수 있지만 '마음먹기 나름'이라는 겁니다. 내 마음에 따라, 머무는 곳은 천국이거나 반대로 지옥일 수 있습니다.

　세상에 완전무결한 직장은 없습니다. 어떤 곳이든 나름의 고충이 있기 마련입니다. 인생은 멀리서 보면 희극, 가까이서 보면 비극이라는 말이 떠오르기도 합니다. 정말 괜찮아 보이는 그곳도, 경험해보면 마냥 파라다이스는 아닐 겁니다. 한 부분이 괜찮으면 다른 부분이 걸리고, 어떤 부분은 엉망인 대신에 또 다른 부분은 마음에 들기도 합니다. 억대 연봉을 받는 아무개는 365일 개인 시간이 없다며 징징대고, 반대로 업무가 널널한 아무개는 입에 풀칠할 만큼만 번다며 죽상이지요. 어느 한 가지 마음에 드는 구석이 있다면, 다른 하나는 포기하는 게 인생의 진리 아닌가 싶습니다. 무엇을 잃고 무엇을 얻을 것이냐의 차이일 뿐이고요.

　얼마 전 Y선생님이 휴무였던지라 다른 디자이너에게 스타일링을 받게 되었습니다. 화려한 옷을 입고 굵은 웨이브를 한 그녀는 유독 한숨을 많이 내쉬었습니다. 자꾸 시계와 대기 손님들을 번갈아 보며 얼굴을 찡그리기도 했습니다. 왠지 모를 불편함에 눈치를 보게 되었지요. 무슨 말이라도 해야 할 것 같아서 "주말이라 많이 힘드시죠?"라며 건넨 제 말에, 그녀는 기다렸다는 듯이 속사포처럼 말을 토해냈습니다. 배운 게 도둑질이라 마지못해서 하지만 힘들어 죽겠다고, 점심시간도 따로 없는 중노동이라 이 일을 왜 택했는지 후회한다고 말이죠.

그 신세 한탄을 한참 듣고 있노라니 문득, Y선생님이 보고 싶어졌습니다.

당신에게도 '퀘렌시아'가 있나요?

투우 경기에서 격렬한 싸움에 지친 소가 본능적으로 달려가는 곳이 있습니다. 투우사로부터 몸을 피한 이곳에서 소는 가쁜 숨을 고릅니다. 이곳은 '퀘렌시아(Querencia)', 스페인어로 안식처를 뜻합니다. 퀘렌시아에서 소는 충분히 휴식하며 다시 경기장에 나갈 에너지를 비축하지요.

투우만큼 전투적인 사회생활에서도 퀘렌시아가 필요하다고 생각합니다. 온종일 일하고 나면 몸도 마음도 지치기 마련입니다. 에너지가 바닥까지 고갈되어 자칫 멍한 상태로 회사를 왔다 갔다 하기 쉽지요. 끊임없이 반복되는 루틴에 지쳐 무기력에 빠질 수도 있고요. 이때 나만의 퀘렌시아가 있다면, 일상에서 받은 상처를 치유하고 회복할 수 있습니다.

예전에 저의 퀘렌시아는 주로 '집'이었습니다. 퇴근 이후나 휴일이면 집에서 에너지를 충전하곤 했지요. 집은 어떤 자극도 허용하지 않는 완벽한 청정 공간이었습니다. 가장 편하고 아늑한 이곳에서 그저 푹 쉬었습니다. 아무것도 하지 않고 누워있기도 하고, 하염없이 TV프로그램을 보기도 했습니다. 당시에는 그게 힐링이라 생각했고요. 하지만 그렇게 인생이 채워질수록 다른 문제들이 생겨났습니다. 생활반경은 점점 좁아졌고, 충전된 줄 알았던 에너지는 방전되어 갔습니다. 충분히 쉬었다고 생각했는데 피곤하거나 무기력하다고 느껴질 때도 있었죠.

생각해보니 공간의 문제였습니다. 익숙한 삶의 터전이기 때문에, 집에서는 일상과 관련된 생각을 떨칠 수가 없었습니다. '옷 정리해야 되는데', '청소 좀 해볼까?' 등 해야 할 일들이 끊임없이 떠올랐던 거죠. 새로운 자극이 없으니 생각도 협소해지고 닫히는 것 같았고요. 대부분의 시간을 집과 회사에서만 맴돌다 보니 새로운 사람을 만나기도 힘들었습니다.

집이 아닌 다른 장소의 퀘렌시아가 필요하다고 느꼈습니다. 어떤 일상적인 생각이 떠오르지 않는 곳, 즉 제3의 공간 말이죠. 실제로 집과 일터 외의 나만의 공간이 다양할수록 훨씬 큰 행복감을 느낀다는 연구 결과도 있습니다. 이 공간에서 창조적인 활동을 하거나 사색에 잠기며 자신을 돌보는 법을 배울 수 있습니다. 나만의 힐링 공간에서 다시 일상을 살아갈 힘을 얻게 되지요. 특히 집이나 일터에서 상처받았을 때, 치유의 효과는 배가 됩니다. 상처가 배어 있는 곳에서 벗어나면, 잠시나마 그 기억을 지울 수 있기 때문입니다. 심리적으로도 안정감을 느끼게 되고요.

요즈음 저의 주 퀘렌시아는 서점과 집 근처 카페, 그리고 산책로입니다. 서점에서 책을 고르거나, 근처 카페에서 이것저것 하며 시간을 보냅니다. 머리가 복잡할 때는 산책로를 걷고요.

가끔 외부에서 새로운 퀘렌시아를 탐색할 때도 있습니다. 그동안 가보지 않았던 장소에 가거나, 생전 처음 해보는 액티비티를 경험하는 거지요. 원데이 클래스를 통해 무언가를 배우거나, 공연을 관람하기도 합니다. 관심사에 맞는 동호회 활동도 하고요. 그 과정에서 전혀 다른 분야의 사람들과 만날 때가 있습니다. 새로운 사람과 관계를 맺는다는 건, 또 다른 세계를 만나는 것이라 생각합니다. 이야기를 나누며 사고의 폭이 넓어지거나, 미처 생각지 못한 아이디어를 떠올리는 경우가 있습니다. 그동안 고민하던 것에 대해 해결 방안을 얻기도 하고요. 이렇듯 퀘렌시아는 치유의 안식처일 뿐 아니라 소통의 창구가 되기도 합니다.

木

황금연휴가 지난 어느 날, 직장 동료들과 각자 휴일을 어떻게 보냈는지 이야기를 나눴습니다.

누군가는 주말농장에서 수확한 작물을, 누군가는 캠핑장에서 보았던 별들을, 누군가는 등산하며 정상까지 오른 일에 대하여 말했습니다.

**그 말을 하는 동료들의 눈빛이 새삼 반짝반짝해 보였던 건,
퀘렌시아의 마법이 아니었을까요?**

새로운 시도는 항상 옳습니다

영어 단어 중에 'Try(시도하다)'를 좋아합니다. '시도'의 강력한 힘을 경험한 이후, 삶의 모토 역시 '새로운 시도는 항상 옳다'가 되었습니다. 물론 처음부터 그랬던 건 아닙니다. 예전에는 시도하기 주저했던 때가 많았습니다. 이것저것 생각해본 뒤에 괜찮을 것이라는 확신이 들면 그제야 시작했고요. 실패에 대한 두려움 때문이었습니다. 하지만 망설이는 동안 기회는 저만치 달아났고, 시간이 지난 뒤에 좀 더 용기 내지 못했음을 후회했습니다. 저울질할 시간에 좀 섣부르더라도 해볼 걸, 뒤늦게 땅을 친 적이 많습니다.

경험하지 않으면 나와 맞는지를 판단하기 어렵습니다. 부딪혀보지 않았으니 무얼 좋아하는지 알 리도 만무하고요. 미리 짐작했던 생각과 시도해봤을 때의 결과가 항상 일치하지도 않습니다.

예를 들어 사소하게는 음식 취향에서도 그렇습니다. 먹어 보지 않은 음식은 좋아하는지 싫어하는지 알기 힘듭니다. 저 역시 '고수'를 몇 년 전만 해도 먹지 못했습니다. 특유의 향이 힘들어서 늘 쌀국수에서 빼 달라고 말하곤 했고요. 하지만 막상 먹어 보니 나쁘지 않았고, 여러 번 먹다가 그 매력에 빠져 어느 순간부터는 최애 음식이 되었습니다.

새로운 일도 마찬가지입니다. 예전에 타부서 요청으로 박람회 지원 근무를 한 적이 있는데요. 업무 분장을 받은 순간 '물품 판매'로 배정된 것에 당황했습니다. 세일즈와 도통 맞지 않다고 생각해왔거든요. 하지만 걱정했던 것과 달리, 직접 경험해보니 재미있더군요. 행사장에서 고객을 응대하며 나도 몰랐던 내 모습을 발견했습니다. 결국 그날 부스에서 최고 매출을 올린 판매왕으로 선정되었지요. 해보지 않았다면 지금까지도 세일즈는 적성에 맞지 않는다고 생각했을 겁니다.

글쓰기 역시 그랬습니다. 언젠가 문득 '글을 써보고 싶다'라는 생각이 들었지만, 처음에는 마음의 소리를 무시했습니다. 먹고 살기도 바쁜데 한가한 생각이 아닐까 싶었거든요. 그러다가 가볍게 시도해보기로 결심했습니다. 맨땅에 헤딩하듯이 이것저것 손 가는 대로 끄적거려 보았습니다. 시나 소설을 쓰기도 했고, 극본을 쓴 적도 있습니다. 여러 장르의 글을 모두 써보다가 에세이에 다다르게 되었지요. 처음에는 어디 보여주기도 부끄러워, 혼자서 몰래 들여다보곤 했습니다. 누군가 '그럴 거면 일기를 쓰지'라며 플랫폼에 올려보라고 했지만, 섣불리 용기가 나지 않았습니다.

그렇게 조용히 작업을 하던 어느 날이었습니다. 불현듯 새로운 경험의 기회를 놓치기 아쉽다는 생각이 들었습니다. 글쓰기 플랫폼에 작품을 게재하기로 결심했지요. 글만 올리자니 밋밋한듯해서 오랜만에 그림도 그려보았습니다. 밑그림 채색에 필요한 포토샵을 급하게 배우기도 했고요. 마지막까지 망설이고 또 망설였지만, 부담감을 꾸욱 누르고 어렵사리 완성된 작품을 포스팅했습니다.

막상 게시하고 나니 반응이 나쁘지 않았습니다. 악플로 도배될까 걱정했던 것과 달리, 글이 도움이 되었다는 피드백이나 그림이 좋다는 댓

글이 달리기도 했습니다. 생각지 못한 곳에서 협업 제안을 받기도 했지요. 지금은 출간 제의를 받아 이렇게 책까지 내게 되었고요. 이 모든 일이 '끄적이기'라는 첫발을 내딛지 않았다면, 경험하지 못했을 기회일 겁니다.

취미로 시작해 전문 유튜버로 활동하거나 가게를 창업한 이야기 등 '시도'에서 비롯된 성공 사례를 심심치 않게 듣습니다. 우연히 시도했던 일로 본인의 적성을 찾게 된 거지요. 직접 새로운 경험에 뛰어들어보지 않았다면 일어나지 않았을 일들입니다.

어떤 일이든 해봐야 싫든 좋든 경험과 아이디어가 생기고, 새로운 기회가 찾아올 확률이 높아집니다. 생각만 많아서는 무엇이든 결정하기가 힘듭니다. 불필요한 에너지만 소모될 뿐 의미 있는 결론이 나질 않지요. 최소한의 생각을 거친 후에는 바로 밀어붙이는 실행력이 필요합니다.

세상은 넓고 아직 해보지 못한 일은 많습니다. 가끔씩 예전 관성의 법칙으로 새로운 도전 앞에서 주저하려 할 때, 속으로 외칩니다.

'겁내지 말고, 그냥 해보는 거야!'

경로
이탈해도
괜찮습니다

운전 중 목적지로 향하는 경로를 벗어나면 바로 내비게이션 안내 멘트가 들려옵니다.

"경로를 이탈하였습니다." 상냥하지만 서늘한 음성에, 그리고 길을 잃었다는 사실에 등골이 오싹해지죠. 살아가면서도 때로 경로를 이탈하는 순간이 찾아옵니다.

오래전 독일 여행 중의 일입니다.

맑게 갠 하늘이 푸르렀던 날, 어느 숲길을 만났습니다. 울창한 나무 사이 가려진 길을 걷고 있으려니 살랑살랑 기분 좋은 바람이 얼굴을 스치고 지나갔죠. 두 시간 넘게 걸었을까, 깊숙이 들어오자 인적이 드물어졌습니다. 길 한가운데로 비추는 햇볕 사이에 서 있노라니, 세상과 단절된 것처럼 느낌이 생경했습니다. 바스락거리는 낙엽 뒤로 청량하게 우는 새소리가 들리고 나뭇가지가 부드럽게 흔들렸습니다. 그때 풀숲에서 들린 사라락 소리. 소리 난 방향을 향해 돌아보자 다람쥐가 다급히 몸을 숨겼습니다. 자취를 감추려는 다람쥐를 홀린 듯이 따라나섰지요.

그 방향으로 얼마나 더 들어갔을까. 지금껏 본 적 없는 세상이 나타났습니다. 울창한 수풀 너머 드러난 호수는, 초록색과 푸른색, 은색 물감을 한데 섞어놓은 듯한 신비로운 빛깔이었습니다. 그 빛은 해의 움직임에 따라 달라졌습니다. 따사로운 햇살이 비출 때면 다이아몬드처럼 반짝였고, 그늘진 곳에서는 고요한 에메랄드빛을 띠었습니다. 비현실적으로 아름다운 장면에 잠시 멍해 있는데, 호수 가장자리에 무언가의 움직임이 눈에 띄었습니다. 엄마 오리와 그 등에 올망졸망 올라탄 새끼 오리 떼였죠. 마치 한 몸인 것처럼 엄마 오리와 새끼 오리는 물결을 따라 둥둥 떠다녔습니다. 한 폭의 그림 같은 풍경을 넋 놓고 바라보고 있자니 세상 근심이 모두 사라진 듯했습니다. 마치 다른 차원의 세상으로 넘어와 구름 위를 걷고 있는 듯한 느낌이었죠. 몽환적인 상태로 있다가 문득 꽤 오래 인기척이 없다는 것을 느꼈습니다. 정신을 차리고 다시 길 위에 올라 걷기 시작했지요. 얼마나 시간이 지났을까, 저 멀리 갈라진 길 위에서 어느 무리가 걸어오는 것이 보였습니다. 합쳐진 길 위에서 그들을 만났고, 그중 누군가 물었습니다. 저쪽에도 길이 있느냐고.

알고 보니 제가 선택한 길은 정해진 산책로가 아닌 지도에 없는 길이었습니다. 경로에서 벗어나서 한참을 돌아오는 길이었던 거지요. 그로 인해 시간은 많이 걸렸지만, 기대치 않게 환상적인 풍경을 만나게 되었습니다. 그 아름다운 장면은 지금도 생생히 기억날 만큼 인상적이었고요.

지금까지의 인생에서도 그 호수 같았던(경로를 이탈했던) 순간이 더러 있었습니다.

대학 전공이 적성에 맞지 않아 방황했던 순간, 졸업 후 전공과 다른 진로를 선택했던 순간, 입사 후 부서 이동했던 순간, 퇴사를 결심했던 순간

등, 정해진 행로에서 벗어났던 적이 여러 번이었죠. 당시에는 그래서 뒤처지는 건 아닌지 불안하기도 했지만, 지나고 보니 그 길 나름대로 의미가 있었음을 깨닫습니다. 갈팡질팡하며 돌아가기는 했지만, 그 과정에서 예상치 못한 즐거움도 있었고 배운 것들도 많았습니다. 돌아가는 것이 반드시 나쁜 것만은 아님을, 오히려 더 많은 기회를 만날 수 있다는 것도 알게 되었습니다.

누군가는 많은 사람이 거쳐 간 검증된 길로 가는 것만이 정답이라고 얘기합니다.

사회에서 암묵적으로 정한 트랙에서 벗어나거나, 다른 길로 전향하게 되면 마치 낙오한 것처럼, 실패한 인생처럼 평가하기도 하고요. 하지만 그렇게 모든 과정을 아무런 실패나 넘어짐 없이 이어가는 것만이 성공적인 인생일까요? 실패가 두려워(경로에서 이탈하지 않기 위해) 고군분투하다가, 어느 순간 찾아든 공허함에 당황스러워하는 경우를 종종 보곤 합니다. 뒤늦게야 과연 어디서부터 잘못된 것일까 괴로워하지요.

몇 번의 방황 끝에 가끔은 넘어지는 것도 나쁘지 않다는 걸 알게 되었습니다. 평생 한 가지 길밖에 모르는 것보다, 이 길도 가보고 저 길도 가다 보면 내게 맞는 길을 찾는 게 좀 더 수월해진다는 것도요. 때로는 빙빙 돌아갔던 길의 끝에서 내가 원하는 삶과 마주하기도 합니다.

목적지로 향하는 길은 꼭 하나가 아니라 여러 갈래가 있다고 생각합니다. 우회하더라도 예측하지 못한 방향에서 새로운 가능성과 만날 수 있다면, 그 또한 인생의 묘미가 아닐까요?

생각해보니 내비게이션 안내 멘트 '경로를 이탈하였습니다' 뒤에는 항상 이런 말이 따라붙습니다.

"경로를 재탐색합니다."

사랑이 어려운
'금요일'

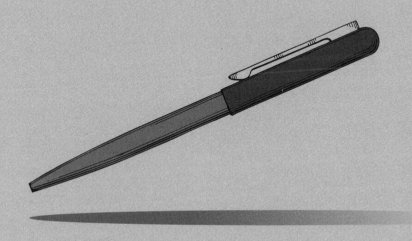

나와
잘 지내고
있나요?

소개팅으로 만난 관계는 보통 연인이 되기 전까지 '썸' 단계를 거칩니다.

사실 썸이란 'something'의 줄임말인 것처럼, 아직 연인이라고 규정하지 않은 애매모호한 관계입니다. 호감은 있지만, 진지한 관계로 발전하기 전에 서로를 파악하는 단계인 거죠. 대부분 소개팅은 두세 번의 만남까지 썸을 타다가, 보통 그 이후에 연인 관계로 발전하곤 합니다.

보통 소개팅에서 세 번째까지 만나는 경우는 흔치 않습니다. 서로 상당한 호감이 있음을 전제로 하기 때문이지요. 그래서인지 세 번의 만남을 가졌던 그는, 시간이 꽤 흐른 지금도 기억이 납니다. 어쩌면 그와 인연이지 않을까 기대도 했고요. 하지만 특별한 이유 없이 관계는 끝났고, 봄바람 같던 설렘도 예상치 못하게 마무리 지어졌습니다. 정식으로 만난 사이도 아니기에 이별이라 하긴 뭐한데, 이상하게 마음이 헛헛하더군요. 얼마간은 자꾸 애꿎은 휴대폰만 들여다봤습니다.

"오늘도 힘내요."

"추우니까 따뜻이 입어요."

"오늘 하루도 수고했어요."

그와의 관계가 끝난 뒤 가장 견디기 힘들었던 건, 일상의 대부분을 차지했던 연락이 오지 않는다는 것이었습니다. 아침 기상부터 잠들 때까지 틈틈이 주고받던 메시지가 끊기자 허전했습니다. 더는 울리지 않는 알람 정적을 견뎌내기가 힘들더군요. '정식으로 사귄 것도 아니었고 별사이 아니었는데 왜 이러지.' 이런 제 모습이 낯설고 당황스러웠습니다. 사실 그를 만나기 전에도 아무렇지 않게 잘 지내고 있었으니까요. 왜 요즘 연애 안 하느냐는 질문에, 혼자도 나름 괜찮다고 웃으며 답하곤 했고요. 무어라 설명하기 어려운 마음은, 한동안 적응이 되지 않았습니다. 괜스레 심란하고 싱숭생숭했죠. 후유증 아닌 후유증은 꽤 오래 이어졌습니다.

불편한 마음을 견디다 못해, 이 감정을 직면해보기로 했습니다. 거추장스러운 보기 그럴듯한 이유는 치우고, 내게 다시 물었습니다. 문제가 무엇인지 말이죠. 그리고 한참 만에 마음이 대답했습니다.

사실 누군가에게 기대고 싶었다고. 외로웠다고.

뒤늦게 깨달았습니다. 그동안 일부러 가슴을 부풀리며 괜찮은 척했다는 걸요. 나는 정말 잘 산다고, 혼자인 삶 역시 충만하다며 자신을 속였던 겁니다. 혼자서도 잘 서 있는 사람이라 생각했는데, 그 디디고 있던 땅이 바스러지기 쉬운 모래성이었던 것 같습니다. 내가 알던 세상이 무너진 느낌은 정체불명의 공허함을 더 부채질했습니다.

인정하기 싫었지만, 나는 스스로와 그리 잘 지내지 못했습니다. 나를 잘 안다고 생각했지만 그렇지 않았습니다. 혼자여도 괜찮다는 생각은 스스로를 위로하기 위한 최면 비슷한 거였을지도 모르겠습니다. 그냥 덮어두고 잊고 지냈을 뿐이지 솔직한 내 마음을 알지 못했습니다.

오랜만에 온 설렘에 들뜨고 기분이 좋아진 스스로를 인지한 순간, 그리고 역으로 그 모든 것이 사라진 허전함을 마주했을 때, 사실 그동안 잘 지내지 못했다는 걸 깨닫게 되었습니다.

어느 정도 시간이 흐른 뒤 '외로움의 이유를 왜 상대에게서 찾았을까.' 생각해보았습니다. 공허함의 이유는 다름 아닌 내게 있었습니다. 내면이 불안정하고 단단하지 않으니 헛헛한 마음이 들었던 겁니다. 혼자 바로 서기가 어려우니, 상대에게 의지하려 했던 거고요. 불안한 마음을 기댈 대상이 필요했고, 텅 빈 마음을 채워줄 누군가가 절실했습니다.

사실 상대에게 듣고 싶었던 말은, 내가 나에게 직접 해줄 수 있는 말이었습니다.

'오늘도 힘내자!'
'추우니까 건강 챙기며 일해야지!'
'나, 오늘 하루도 정말 고생 많았어!'

나와 친밀해지면 상대가 내게 해주는 것에 연연하지 않게 됩니다. 반면, 다른 사람에게 받는 게 익숙해지면, 그것을 해줄 수 있는 사람이 사라지는 순간 견디기 힘들어지죠.

내가 나로서 오롯이 존재할 때,

혼자서도 충만한 삶을 살 수 있을 때,

그 때가 비로소 누군가와 함께 할 준비가 되었을 때입니다.

당신은 지금,

나와 잘 지내고 있나요?

사회초년생 M과 취준생 K의 연애

M과 K는 대학 캠퍼스에서 만나 삼년 째 열애 중인 커플입니다.

두 사람 모두 곧 졸업을 앞두고 있어, 함께 취업 준비를 해나가고 있었지요. 마침 같은 회사를 목표로 하고 있던 지라, 서로 의지하고 기운을 북돋워가며 힘든 생활을 견디고 있었습니다. 주변에서 보기에도 참 부러운 커플이었죠.

시간은 흘러 M이 먼저 기다리던 대기업 합격 소식을 듣게 되었습니다. K는 아깝게 최종 면접에서 탈락의 고배를 마셨습니다.

〈K 이야기〉

M은 모두가 선망하는 대기업 신입 공채에 합격했습니다.

저는 떨어졌지만 그래도 졸업 전에 합격에 골인한 M이 자랑스러워 진심으로 축하를 전했습니다. 시간이 흘러 M은 많이 바빠졌습니다. 신입사원 오리엔테이션을 시작으로 합숙 교육 등 입사 전부터 일정이 빡빡하더군요. 같이 취업 준비할 때는 그래도 이틀에 한 번꼴로 만났던 것 같은데, 지금은 일주일에 한 번 얼굴 보기도 힘들어졌습니다.

마치 또 다른 대학에 들어간 것처럼 M에게는 새로운 동기들이 생겼습니다. 그리고 몇 번의 모임과 합숙 교육으로 인해 그들 사이는 굉장히 끈끈해졌지요. 자연스럽게 제가 전화를 할 때마다 받지 않는 횟수도 늘어났습니다. "아 미안, 교육 중이었어", "동기 생일파티에 왔어" 변명 섞인 말에, 괜히 속 좁은 애인이 될까 봐 서운한 내색을 할 수 없었습니다. 할 말도 못 한 채 냉가슴만 끙끙 앓았지요. '나도 얼른 취업해야 하는데……' 마음이 급해졌지만, 좀처럼 합격 소식은 들려오지 않았습니다. 그 사이 점점 자존감은 낮아지고 언젠가부터 M과의 만남이 그리 달갑지 않아졌습니다.

만날 때마다 M은 미안했는지 학생 때는 꿈도 못 꾸던 레스토랑에서 밥을 사주기도 하고, 비싼 공연 티켓을 구해오기도 했습니다. 못난 자격지심인 걸 알지만 그럴수록 M과 멀어지는 느낌이었습니다. 예전에 내가 알던 사람이 맞는지… 왠지 나와 다른 세상에 사는듯한 M의 모습에, 비참한 기분마저 듭니다.

그러던 그날은 제 생일이었습니다. 우리 커플은 지금까지 생일 당일 0시가 되면 서로 축하해주곤 했었지요. 예전이었다면 시간 맞춰 생일 축하 노래를 불러줬을 M은, 어쩐 일인지 연락이 없었습니다. 회식 자리가 또 길어지는 건가… 기다리다가 잠이 들었습니다.

서운한 마음은 뒤로 하고 만난 다음 날, 오랜만에 M을 만나니 그래도 기분이 좋더군요. 맛있게 저녁을 먹고 나서, M은 전날 연락을 못 해 미안하다는 말과 함께 무언가를 건넸습니다. 열어 보니 명품 시계였습니다. 왜인지 모르겠지만 순간 자존심이 상했습니다. 제가 원한 건 비싼 선물이 아닌 M의 마음이었는데 말이죠. 저도 모르게 "너 이제 돈 번다 이거야?" 자격지심에 말이 곱게 나가지 않았습니다.

"내가 원한 건 이런 게 아니라고!"

왠지 한껏 차려입은 옷마저 M에 비해 초라하게 느껴졌습니다. 벌어진 사이가 더는 가까워질 수 없을 것 같아 마음이 무너져 내립니다. 꾹꾹 눌러 뒀던 말을 이제는 꺼내야 할 것 같습니다.

"그냥 헤어지자, 우리."

〈M 이야기〉

가고 싶던 회사에 합격했습니다. 하지만 기쁨도 잠시 K를 생각하면 마음 놓고 기뻐할 수가 없습니다. 같이 합격했으면 좋았을 텐데… 괜히 눈치도 보이고, 좋은 티를 낼 수가 없어 조심스러워집니다. 첫 입사에 이것저것 챙길 게 많습니다. 정장도 사야하고, 합숙 교육 때 가져갈 물품도 준비해야 합니다. 해야 할 건 많은데 왠지 유난 떠는 것처럼 보일까 싶어, K에게 말 한마디 하기 쉽지 않습니다.

오랜만에 머리하러 온 미용실, K로부터 전화가 걸려왔습니다. 저도 모르게 잠깐 마트에 왔다고 거짓말을 하게 됩니다. 괜히 들뜬 모습으로 비칠까 봐요. 회사에서 보내준 과일 바구니를 SNS에 올리려다가도, 문득 K가 볼 생각을 하니 주저하게 됩니다. '이 회사 K도 가고 싶어 했는데…' 마음이 좋지 않습니다.

왜 이렇게 일정은 많은지… 각종 신입사원 행사에, 동기 모임까지 물밀듯이 밀려들어옵니다. 짬 내서 K를 보러 가야 하는데 좀처럼 여력이 나질 않습니다. 사이사이 오는 K 연락을 모두 챙기기도 쉽지 않습니다. 부재중 전화 몇 통을 뒤늦게 확인하고 헐레벌떡 전화했건만, 잔뜩 서운해 하는 K 목소리를 마주합니다. 그 모습에 '왜 내 상황을 이해해주지 못할까.' 도리어 섭섭한 마음이 들지요.

확실히 사회생활하며 만난 동료, 선배들과는 대화 주제부터가 다릅니다. 주식투자를 시작했다는 둥, 이번 성과급은 어디에 쓸 거라는 둥, 그리고 거기 더해서 결혼 이야기도 늘 화두입니다. 삼년 만난 연인이 있고 취업준비생이라는 말에 "언제 결혼해?", "원래 취준생이랑 직장인 커플은 오래 못 가는 거 알지?" 다들 지나가는 말로 한마디씩 거듭니다. 겉으로는 아니라며 웃어넘겼지만, 혹시나 우리도 그렇게 되진 않을지 걱정됩니다.

OJT(On-the-Job-Training) 이후에 본격적으로 시작된 직장생활은 생각보다 녹록지 않습니다. 업무도 어렵고, 사수와의 관계도 힘들고, 상사는 왜 그렇게 히스테릭한 지 울고 싶죠. 하지만 이런 하소연을 K에게 할 수는 없습니다. "오늘 어땠어?"라고 묻는 K의 말에 할 말은 수두룩하지만 "그냥 괜찮았어"라며 얼버무리죠. 괜히 배부른 소리라고 생각할까 봐요. 마찬가지로 오늘 어땠느냐고 묻는 제 말에 K 역시 "그냥 그렇지 뭐…"라고 말을 흐립니다. 예전엔 비밀이라고 없던 사이인데 어쩐지 점점 거리가 멀어지는 기분이 듭니다.

곧이어 다가온 K의 생일, 그날따라 팀 환영회가 잡혔습니다. 주인공인데 회식에 빠질 수가 없어 K에게 미리 양해를 구합니다. 만나진 못하더라도 자정에 생일 축하 노래는 꼭 불러줘야지 다짐했는데, 상사가 계속 권하는 술을 마시다 보니 아뿔싸, 시간이 지나버렸습니다. 분명히 휴대폰 알람을 맞춰놨었는데 어느새 새벽 한시가 되어버렸죠. 회식 자리에서 긴장하고 있느라 시간 가는 줄 몰랐습니다. 뒤늦게 전화했지만, K는 받지 않습니다. 미안함에 다음날 맛있는 저녁을 사야겠다고 다짐합니다. 마침 월급도 받았겠다, K를 위해 큰마음 먹고 준비한 선물도 있습니다.

그런데 다음날 만나서 선물을 건네받은 K의 표정이 어쩐지 썩 좋지 않습니다. 이해할 수 없는 몇 마디 끝에 이어진 K의 헤어지자는 말……. 우린 어디서부터 잘못되었던 걸까요?

아무리 연인 관계더라도 각자 처한 상황이 다를 때, 서로의 입장을 공감하기란 쉽지 않습니다.

이 단계에서 어려운 시기를 잘 견뎌내면 더 단단한 사이가 되지만, 원활한 소통이 안될 때면 어느새 관계에 균열이 생기며 이별의 수순을 밟게 되지요.

사실 모든 관계가 그렇습니다만, 한쪽만 노력해서는 힘들고 양쪽 모두의 이해가 필요합니다. 결국 힘든 시기를 무던히 넘기는 힘은 서로를 향한 '무조건적인 배려와 소통'이라고 생각합니다.

앞선 사례에서 역시 마찬가지입니다. 만약 취준생 K가 새로운 환경에 적응하느라 힘들 상대의 마음을 좀 더 헤아렸더라면, 사회초년생 M이 자신의 상황을 충분히 설명하며 적극적으로 소통하려 노력했더라면 어땠을까요? 아마 관계가 이토록 급속히 냉각되지는 않았을 겁니다.

물론 충분히 노력했음에도 불구하고, 내 의지와 상관없이 끝나는 관계도 있습니다. 어쩔 수 없이 애를 써도 안 되는 부분이 있기 마련이죠. 그럴 때는 진부하지만 '인연이 아니었다'라고 생각하는 게 마음이 편합니다.

결국 사랑도, 인생도 타이밍이니까요.

상대가
바뀔 것이라는
기대

얼마 전 약속이 있어 외출했을 때의 일입니다. 예상보다 약속 장소에 일찍 도착하여 근처 벤치에 앉아 지인을 기다리기로 했습니다. 빼곡한 빌딩 사이를 지나는 사람들을 바라보던 중, 멈춰있는 한 커플에 시선이 닿았습니다.

횡단보도 앞에 서서 스산한 분위기를 풍기는 커플은, 누가 봐도 한창 싸움에 몰입한 모습이었습니다. 이십대 초반 쯤 되어 보이던 여자는, 미니스커트에 후드 점퍼를 입고 있었습니다. 남자는 그보다는 몇 살 더 많아 보였는데 무얼 잘못 했는지 영 쩔쩔매는 모습을 하고 있었고요. 그들은 아주 멀지도 가깝지도 않은 거리를 유지하고 있었습니다. 영 심상치 않은 분위기에 사람들이 지나가며 흘끔흘끔 돌아보았지만, 커플은 주변 시선을 의식하지 않았습니다.

여자는 굳게 다문 입술을 하고 얼굴은 옆으로 홱 돌린 채였습니다. 어떤 여지도 허용하지 않겠다는 듯 가슴에 단단히 팔짱을 꼈고요. 남자는 울상인 얼굴로 애원도 해보고 여자를 달려주려 애교도 부렸습니다. 이따금 답답하다는 듯 말아 쥔 손으로 제 가슴을 쿵쿵 치기도 했지요. 여자는 몇 마디씩 화를 냈다가 이내 말이 통하지 않는 듯 고개를 저었습니다. 자꾸 자리를 뜨려는 여자를 남자가 잡았고, 여자가 화를 내고 남자가 다시 한숨을 쉬는 상황이 반복되었습니다.

커플을 보고 있노라니 자꾸 예전 연애가 떠올라 피식 웃음이 나왔습니다. 그 나이 즈음, 저 역시 연인과 격렬하게 다투곤 했습니다. 뭐가 그리 서운하고 속상했는지 마치 세상 전부가 날 배신한 것처럼 으르렁댔습니다. 지금 생각해보면 참으로 사소하고 별거 아닌 일들이었습니다. 갈등의 표현은 제각각이었지만, 대부분 다툼의 이유는 비슷했습니다. '바뀌지 않는 상대에 대한 서운함'이었지요.

그때는 서로가 서로를 바꿀 수 있다고 생각했습니다. 마음에 들지 않는 부분이 있으면 기어코 각자의 틀 안에 집어넣으려 애썼습니다. 갈등은 연애 초반에 특히 심했습니다. 서로의 다름을 인정하기가 쉽지 않았기 때문이죠. 다툼이 지겨워질 때야 비로소 포기하는 것들이 생겨났습니다. 상대에 대해 잘 알게 되며, 서로가 싫어하는 행동도 하지 않게 되었고요. 자연히 싸우는 횟수도 줄었고, 우리는 너무 잘 맞는 듯 했지요.

하지만 결국은 그와 나 모두 변하지 않았습니다. 바뀌었다고 생각했던 것은, 의식적으로 갈등을 피하려고 했던 서로의 노력 덕분이었습니다. 교묘히 가려졌던 불편한 진실은 관계가 파국으로 치달았을 때 "역시 넌 그런 사람이었어"라는 말로 상처를 내며 드러나 버리고는 했습니다.

돌이켜보니 상대를 바꾸려고 했던 것은 지나친 월권이었습니다. 당시에는 '사랑하는 사이니까, 당연히 내가 싫어하는 행동은 하지 말아야지'라고 생각했습니다. '사랑하는 사이니까'를 빼면 관계에서 무례한 말임에도 불구하고 사랑이 무슨 특권이라도 되는 것처럼 행동했었지요. 연인이라는 이유로 선을 넘거나, 상대를 내 마음대로 움직이려 할 때도 있었습니다.

연인 사이라는 게 물론 특별한 관계는 맞습니다. 하지만 특별함이 당연함이 되고, 당연함이 서운함이 되면, 관계는 어느 순간 변질되어 버리기도 합니다.

사실 사람이 누군가를 위해 변한다는 것은 쉬운 일이 아닙니다. 자기 자신을 변화시키는 것도 얼마나 많은 노력을 필요로 하나요. 자기 자신도 잘 바꾸지 못하면서, 타인에게 변한 모습을 기대한다는 것 자체가 어불성설이라고 생각합니다.

처음부터 사람은 바뀌기 어렵다는 것을 인정하고, 상대를 대하는 것이 좋습니다. 상대가 바뀌려 노력한다면 고마운 거지만, 그렇지 않더라도 어쩔 수 없는 겁니다. 만약 상대의 단점이 발견된다면, 차라리 그 단점까지 내가 받아들일 수 있겠는지를 고민해보는 건 어떨까요? 도저히 용납이 되지 않는다면, 관계 자체를 신중히 재고해보는 편이 낫다고 생각합니다.

아주 희박한 확률이지만, 어떤 사람이 누군가로 인해 변했다는 말을 들을 때가 있습니다.

그때 우리는 주로 사랑의 '기적'이라는 표현을 씁니다.

[기적³]
1. 상식으로는 생각할 수 없는 기이한 일
2. [종교 일반] 신(神)에 의하여 행해졌다고 믿어지는 불가사의한 현상
<출처: 국립국어원 표준국어대사전>

사랑도
반반이
되나요?

혼자서 종종 카페에 가곤 합니다. 그날도 커피 한 잔을 주문해놓고, 음악을 듣고 있을 때였습니다. 갑자기 블루투스 이어폰 사이로 흘러나오던 음악이 뚝 끊겼습니다. 이어폰 배터리가 닳아버린 겁니다. 남은 시간을 어떻게 보내야하나 고민이 되더군요. 이어폰이 제 기능을 못 하니 외부 소음은 고스란히 날아와 귀에 꽂혔지요. 웃고 떠드는 소리, 커피 내리는 소리 등 여러 소리가 한데 어우러졌습니다. 그중에서도 유독 잘 들리는 소리가 있었습니다. 옆 테이블에 앉아있던 커플의 대화 소리였는데요. 모자와 운동화를 똑같이 맞춘 커플은, 풋풋한 대학생으로 보였습니다.

"계산했지? 얼마 나왔어?"
"잠깐만, 음. 할인받아서 13,100원"
"그럼 6,550원 입금하면 돼?"

계산이 확실한 커플이구나 싶었습니다. '그래, 나도 학생 때는 십 원

단위에도 민감했지' 생각하며, 그 사이 나온 커피 한 모금을 마셨습니다. 테이블 간격이 가까운 탓에 커플의 대화 소리는 자꾸 들려왔습니다. 디 저트 비용을 정산한 이후에, 화제는 데이트 통장으로 넘어가더군요. 커 플 중 한 사람이 데이트 통장을 만드는 게 어떠냐 제안했고, 다른 사람은 입금을 잘 할 수 있겠느냐며 부정적인 반응을 보였습니다. 제안했던 사 람은 기념일 선물 비용도 고민할 필요 없다며 다시 설득했고, 부정적이 던 사람은 통장 관리를 누가 하며 헤어지면 어떻게 되느냐 되물었지요.

어쩐지 대화가 점점 삭막하게 흘러간다 싶어질 때쯤, 커플 중 한 명에 게 전화가 걸려 왔습니다.

업무 관련된 통화인 듯했습니다. 전화를 끊은 뒤 커플은 상사 험담을 했고, 이어지는 대화로 둘은 같은 회사에 다니는 게 분명해졌습니다. 주 머니 사정이 빠듯한 학생인 줄 알았는데, 사회생활하는 직장인 커플이 었던 겁니다.

이 커플을 보니 더치페이 예찬론자이던 지인이 생각났습니다.

지인은 연애 초반 더치페이하기로 연인과 합의했다고 합니다. 항상 지인의 카드로 모든 비용을 결제하고, 데이트가 끝나면 정확히 반반씩 갈라서 정산했지요. 초반에는 매번 누가 결제할지 신경 쓸 일이 없으니 편했다고 합니다. 비용도 더 절약하게 되고, 한쪽만 부담을 떠안지 않으 니 만족스러웠고요. 가끔 주변에서 커플끼리 정 없는 거 아니냐는 말을 듣긴 했지만, 우리가 괜찮다는데 무슨 상관이지 싶었답니다.

그러던 어느 날 지인의 주머니 사정이 나빠졌습니다. 어떻게든 해결 해보려 했지만, 데이트 비용조차 부담될 정도로 상황이 좋지 않았지요. 한참을 망설이던 지인은 연인에게 이야기했습니다. 지금 사정이 안 좋 으니 당분간 여력이 되는 만큼만 비용을 부담하면 안 되겠느냐고요. 그 말을 들은 상대는 본인 돈을 빌려줄 테니 일단 쓰고, 나중에 갚으라고 했다더군요. 그에 더해 이자까지 언급하더랍니다. 기가 찼던 지인은, 어떻게 그럴 수 있느냐고, 우리 연인 맞느냐고, 날 사랑하긴 하느냐며 따져 물었답니다. 그러자 상대 역시 별렀던 말을 쏟아냈다더군요. 지금껏 말을 안 해서 그렇지 서운한 게 많았노라고, 네 카드로만 결제했던 것도 참아주었다고, 덕분에 신용도 올리고 캐시백도 챙기며 연말정산 혜택까지 받지 않았느냐고, 온갖 치졸한 이야기를 들먹였다고 합니다. 그동안 그런 것까지 계산하고 있었다니… 지인은 뒤통수를 얻어맞은 느낌이었지요.

각자 가치관에 따라 생각이 다르겠지만, 저는 데이트 비용을 매번 칼같이 반으로 나누는 것에 회의적입니다. 사실 '돈' 문제는 어떻게 하든 공평하기가 어렵다고 생각하기 때문입니다. 모든 비용을 정확히 반씩 가르다 보면, 서로 한 치의 양보도 용납하지 않은 채 흘러갈 가능성도 있고요. 어떤 상황에 대한 고려 없이 무조건 비용을 십 원 단위까지 나누어야 한다면, 관계에서 조금의 손해도 보기 싫다는 것처럼 느껴집니다.

학생 때야 주머니 사정이 빠듯하니 그럴 수 있지만, 돈을 벌기 시작했다면 조금 융통성 있게 해도 되지 않나 싶습니다. 오늘 더 여유가 있는 쪽에서 비용을 부담했다면 다음엔 반대쪽에서 사거나, 상대가 금전적으로 어려운 상황이라면 때로 내가 좀 더 쓸 수도 있고요. 서로의 상황을 헤아려서 적절히 행동하는 거지요. 중요한 건 '상대를 배려하는 마음'이 있는지의 여부입니다. 서로 그 마음만 뒷받침되어 있다면 각자의 사정이나 형편에 따라 유연하게 행동해도 되지 않을까요?

문득, 비용을 반반씩 가르는 것처럼 마음도 그렇게 나눌 수 있을지 궁금해집니다.

사랑도 반반이 될까요?

이별에도
애도가
필요합니다

어리고 미숙했던 시절의 첫 이별이 기억납니다.

화났다는 말 대신 헤어지자는 말을 으름장처럼 놓던 시절이었습니다. 그날도 어떤 이유에서인지 토라졌고(지금은 기억나지 않을 정도로 사소한 이유였습니다) 습관적으로 헤어지자는 말을 내뱉었습니다. 화 풀라며 마음을 달래주곤 했던 그는, 어쩐 일인지 조용했습니다. 찜찜한 마음으로 집에 돌아온 후, 내심 그의 연락을 기다렸습니다. 이쯤에서 화해하자는 연락이 와야 하는데… 한참을 기다려도 연락은 없었죠. 시간이 지날수록 무언가 잘못되어가고 있다고 느꼈습니다.

일단은 이틀만 기다려보자, 했던 게 사흘이 되고 나흘이 되었습니다. 그는 여전히 감감무소식이었죠. 그러다 우연히 그의 친구로부터 "너희 헤어졌다며?"라는 말을 들었습니다. 그 순간 우리의 관계가 끝났다는 걸 직감했습니다. 다급한 마음에 그의 SNS를 들어가 보았지만, 굳게 닫혀있었고 이미 모든 흔적을 지운 채였지요. 그에게 연락이 올 거라는 확신이 점점 흐려져 갔습니다.

안 되겠다 싶어서 그를 찾아갔습니다. 뒤늦게 상황을 돌려보고자 구

구절절 토해내는 말에, 그는 표정 없는 얼굴로 우리의 관계는 그때 끝났노라고 말했습니다.

덜컥 가슴이 내려앉았습니다. 마지막을 인정하고 싶지 않았지만, 이별이 현실로 다가왔지요. 더는 말을 못 하고 집으로 돌아오는 길, 몸의 일부분이 떨어져 나간 느낌이었습니다. 망망대해에 혼자 남겨진 것 같았고요. 집에 틀어박혀 멍하니 누워만 있었습니다. 몇 끼를 걸렀던 것도 같습니다. 망연자실한 상태로 현실을 부정했다가, 실감했다가, 또 다시 현실을 부정했습니다.

어렵게 복귀한 일상에서도 모든 것이 낯설게 느껴졌습니다. 집 앞 골목길, 함께 가던 단골 카페 등 모든 장소에 그는 있었다가 다시 또 없었습니다. 자꾸 나타나는 환영에 마치 나사 하나가 빠진 듯이 넋 나간 상태로 다녔죠. 그가 떠오를 때마다 고개를 홱홱 돌리며 다른 생각으로 잊어보려 애썼습니다. 사랑은 사랑으로 잊어야 한다는 동기의 말에 미팅이나 소개팅을 하기도 했습니다. 그런데 새로운 사람을 만날수록, 알 수 없는 공허함과 헛헛함을 느꼈습니다. 이 사람에게는 그의 장점이 보였고, 저 사람에게는 그의 단점이 보였습니다. 누굴 만나든지 간에 그가 머릿속을 떠나지 않았습니다. 잊히지 않고 더 선명해질 뿐이었지요. 우리가 어쩌다 이렇게 됐을까, 관계를 되돌릴 순 없을까, 자꾸 혼자서 현실 도피하며 이미 끊어진 인연의 끈을 붙들고 있었습니다.

참다못해 친구에게 도무지 갈피를 못 잡는 답답함을 토로했습니다. 그를 잊고 싶은데 잘되지 않는다고, 머릿속에서 떠나질 않는데 어떡하느냐는 제 말에, 친구가 대답했습니다.

"아픈 게 당연해. 헤어졌는데 멀쩡한 게 더 이상하지. 이별에도 애도의 시간이 필요하지 않을까? 아프면 충분히 아파하고, 슬프면 있는 힘껏 슬퍼해도 돼. 그 사람을 네 인생에서 잘 보내줘."

그 말을 듣자마자 참았던 눈물이 폭포수처럼 흘러내렸습니다. 어린아이처럼 엉엉 소리 내어 우는 저를, 친구는 말없이 안아주었죠. 한참을 울고 나자 어쩐지 후련해진 느낌이 들었습니다.

생각해보니 헤어진 이후 감정을 직면하지 못했습니다. 자꾸 현실을 부정하며 흔적을 지우려고만 했을 뿐, 그와의 사랑을 정리하고 충분히 떠나보내지 못했지요..

그 뒤로는 떠오르는 생각을 애써 외면하지 않았습니다. 그와 함께했던 순간이 떠오르면 잠시 회상하며 자연스레 흘려보냈습니다. 눈물이 나면 억지로 참지 않았습니다. 가끔 밥을 먹거나 수업을 들으면서도 울음 버튼이 눌리곤 했지만, 애써 버튼을 차단하려 노력하지 않았습니다. 화장실로 뛰어가 슬픔을 토해낸 후 다시 일상을 살아내곤 했지요. 아직 힘든 게 당연하다며 스스로를 다독였습니다.

때로 공원 벤치에 앉아 철 지난 발라드를 들으며, 지나간 추억을 되짚어보기도 했습니다. 그를 처음 만났던 순간, 사랑하고 헤어지게 되었던 과정을 다시 떠올렸습니다. 장면 하나하나를 더듬어 갈수록 행복했던 추억뿐 아니라 삐걱대었던 일과 후회되는 행동도 함께 떠올랐습니다. 연애 중에는 콩깍지가 씌어서 미처 인지하지 못했던 그의 사소한 단점이 떠오르기도 했고요.

그렇게 시간이 흐를수록 울컥하는 순간은 서서히 잦아들었고, 그는 어느새 마음에서 흐릿해져 갔습니다. 마음속 뻥 뚫렸던 구멍에 새 살이 조금씩 차올랐습니다.

그와 즐겨들었던 팝송이 있습니다. 헤어지고 나서는 한동안 듣지 못

했지요. 시간이 꽤 오래 지난 어느 날, 플레이리스트에서 그 팝송을 찾아 듣고자 마음먹었습니다. 흐르는 곡의 전주에서 그를 잠시 떠올렸지만, 이내 멜로디에 온전히 집중할 수 있었습니다. 그때 알게 된 것 같습니다. 비로소 그가 내게서 떠나갔음을.

㊎

지금도 여전히 그런 이별을 반복합니다.
가슴 저리고, 괴롭고, 다시 힘겹게 떠나보내고…….

모든 일은 반복할수록 나아진다는 주의이지만,
이별만큼은 예외인 것 같습니다.

연애,
시간 낭비
아닌가요?

　그를 알게 된 건, 몇 년 전 투자 모임에서였습니다. 당시 그는 20대 후반의 열정적인 친구였습니다. 투자 대가의 서적을 모두 독파하고, 소신이 뚜렷한 투자를 하는 모습이 인상적이었죠.

　어느 날 모임을 끝내고 집에 돌아가던 길, 약속이 있다는 그와 같은 방향으로 가게 되었습니다. 그동안 개인적인 이야기를 할 기회가 없어 몰랐는데, 이런저런 대화를 나누며 그의 연애관에 대해 알게 되었습니다. 모태솔로라는 그는 연애에 관심이 없다고 했습니다.

　"저는 연애, 솔직히 낭비라고 생각해요. 지금이 얼마나 황금 같은 시간인데요.

　알차게 써도 모자랄 판에 왜 돈이며 시간이며 버리는지 모르겠어요. 지금은 자기 계발하고 돈 많이 버는 게 제일 중요한 거 아닐까요? 기회비용으로 따지면 연애만큼 효율성 낮은 게 없다고 생각해요. 저는 모든 게 안정되는 30대 중반부터 연애할 겁니다."

그의 말이 한 편으로는 이해되기도 했습니다. 저 역시 시험공부 하거나 취업준비생일 때 연애가 사치 아닌가 싶던 적이 있었으니까요. 투입하는 시간과 돈, 감정 소모비용으로만 따지자면 상당히 비효율적인 것도 맞습니다. 때로는 사귀지 않았다면 없었을, 뼈아픈 상처를 받기도 하고요.

그런데도 지금까지 연애 경험이 마냥 낭비라고만 느껴지지 않는 이유는, 그로 인해 배운 것 또한 많다고 생각하기 때문입니다. 연애는 나를 더 나은 사람으로 성장하게 했습니다.

연애의 가장 큰 수확은 나에 대해 잘 알게 되었다는 겁니다. 나를 이해하는 방법에는 자기 인식도 있지만, 타인과의 관계 속에서 나를 관찰해보는 방법도 있습니다. 평소 인식할 기회가 없던 내 모습도 상대와 함께 있으며 알게 되는 경우가 많습니다. 특히 연인이라는, 감정적으로 가장 가까운 상대와 교류하는 경험은 나조차 몰랐던 내 모습을 알게 합니다. 예를 들어 상대가 이 말을 했을 때 마음이 어땠는지, 불편했는지 편안했는지를 탐구해보며 나에 대해 더 깊이 자각할 수 있습니다. 더불어 특정 상황에서의 내 행동이나 말을 관찰해보며, 객관적으로 나를 파악할 수도 있고요. 사랑을 하다 보면 '내게 이런 면이 있었나?' 싶은 부분까지, 때로 숨기고 싶은 모습마저 드러날 때가 있거든요.

연애는 타인에 대한 이해도를 높여주기도 했습니다. 예전엔 나와 다른 생각이나 행동을 선뜻 받아들이기가 힘들었습니다. 내 기준과 다르게 행동하는 타인을 비난하거나 잘못된 생각으로 치부한 적도 있었고요. 특히 연인이라는 특별한 관계를 앞세워, 다름을 용납하지 못했습니다. 틀린 게 아니라 서로 생각이 다를 뿐이라는 것을, 무수히 많은 시행착오를 겪으며 조금씩 알게 되었습니다. 경험이 쌓여가며 점차 상대를 있는 그대로 인정하는 것에 익숙해졌습니다.

또한, 연애를 함으로써 관계의 깊숙한 측면을 알게 되었습니다. 처음의 설렘부터 불타오름, 치졸한 질투, 스펙터클한 다툼, 권태로움, 사랑의 끝까지 생생히 경험할 수 있었지요. 시간의 흐름에 따라 사랑은 어떠한 형태로 바뀌는지, 감정은 어떤 방향으로 움직이는지, 관계는 결국 어떻게 변하게 되는지… 인간 내면의 복잡다단하고도 미묘한 심리 변화를 느낄 수 있는 계기가 되었습니다.

연애는 결국, 가장 농밀한 관계를 맺어볼 수 있는 경험이라고 생각합니다. 서툴지만 가장 열정적인 젊은 날, 어느 누구와 그리 끈끈한 유대감을 느껴볼 수 있을까요?

투자 모임에서 알게 된 그에게, 막상 이런 이야기를 하기는 조심스러웠습니다. 모임은 그날이 세 번째였고 그렇게 가까운 사이도 아니었으니까요.

만약 그가 친한 후배였다면 이렇게 말했을 것 같습니다.

"나는 네가 충분히 사랑하고,
때로는 사랑 때문에 울기도 해봤으면 좋겠어.
인생에서 나만큼,
혹은 나보다 중요한 상대가 있다고 느끼는 경험에
연애만 한 게 있을까?"

자립을 생각하는
'토요일'

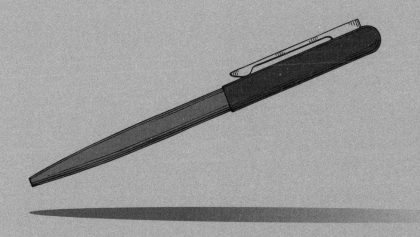

독립적으로
살고 있나요?

동창회에 참석했던 어느 날이었습니다. 다들 오랜만에 만난 반가움과 추억을 공유하는 들뜸에 취해있었습니다. 서로의 근황을 확인하며 점차 열기가 더해졌지요. 사회생활의 고단함을 토로하기도 하고, 각자의 연애사를 풀어놓기도 하는 등 이야기는 그칠 줄 모르고 이어졌습니다.

자리가 한껏 무르익을 때쯤, 동창 D가 합류했습니다. 사업상 접대 때문에 늦었다는 그는, 이미 술이 거나하게 오른 상태였습니다. D는 예전부터 말이 거칠고 허풍이 세던 친구였습니다. 학창시절에도 그를 불편해하는 친구들이 많았지요. 나이 들며 좀 바뀌지 않았을까 했는데, 사람은 쉽게 변하지 않더군요. D는 오자마자 본인의 이야기로 테이블을 장악했습니다.

이렇게 동창회가 열릴 줄 알았으면, 지난달에 올린 결혼식을 좀 미룰 걸 그랬다는 말을 시작으로, 본격적인 본인 자랑이 이어졌습니다. 이번에 사업 투자금을 받았고, 신혼집은 본가와 가까운 아파트에 얻었으며, 애들 교육 생각하면 지금 8학군에 자리 잡길 잘했다는 둥 아무도 묻지 않은 이야기를 계속 떠벌렸습니다. 다들 표정이 슬슬 안 좋아지려는 그때, D에게 전화가 걸려 왔습니다.

"아, 예. 아버지, 저 동창회 왔는데… 아, 와이프랑 지금 오라고요… 아마 잘 것 같은데…."

D는 통화하기 위해 자리를 비웠습니다. 그때 동창 중 누군가 기다렸다는 듯이 말했습니다. D의 사업자금이며 신혼집, 심지어 생활비까지 전부 부모님이 대주고 있다고요. 그래서 D는 꼼짝 없이 부모님에게 잡혀 살고 있다고 했습니다. 마치 오분 대기조처럼 산다나요.

그 뒤로 테이블에서는 결혼에 대한 얘기가 잠시 이어지다가, 결혼 전 독립하느냐 마느냐의 주제로 대화가 흘러갔습니다. 누구는 결혼 전 혼자 살아보고 싶어 자취를 시작했다고 했고, 누구는 굳이 나갈 이유가 없어서 부모님과 살고 있다고 했습니다. 또 다른 누군가는 자취하다 돈이 많이 들어서 다시 본가로 들어오게 되었다고 했지요. 그때 통화를 마치고 돌아온 D가 자리에 앉으며 말했습니다.

"야, 솔직히 나이 먹고 얹혀사는 건, 좀 문제 아니냐? 사람이 독립적으로 살아야지."

⊕

그 말을 듣는 순간 문득, '독립적으로 산다는 게 무엇일까'라는 생각이 들었습니다.

D가 말하는 '독립'은 물리적인 영역에 한정되어 있습니다. 세대 분리하여 따로 사는 것만으로 독립적이라고 생각하는 거죠. 이렇듯 '독립'을 '홀로 떨어져 나와 사는 것', 즉 물리적 독립으로만 여기는 경우가 많습

니다. 그 이유는 '독립'이라는 단어의 한자적 의미와 연관이 있습니다. 독립은 한자어로 獨(홀로 독), 立(설 립)을 씁니다. 독립과 비슷한 단어로 '자립'이 있는데요. 자립은 한자어로 自(스스로 자), 立(설 립)을 씁니다. 독립과 자립 모두 '남에게 의지하지 않는 상태'라는 유사한 의미이지만, 한자적 해석으로 보자면 독립은 '혼자(獨: 홀로 독)'에, 자립은 '스스로(自: 스스로 자)'에 좀 더 초점을 두고 있죠.

주변에 보면 자립은 되어있지 않는데 따로 나와 사는 것만으로 독립했다고 생각하는 경우가 있고, 반대로 물리적으로는 독립하지 않았지만 자립이 되어 언제든 나와 살 수 있는 상태인 경우도 있습니다. 꼭 부모와 살기에 의존적이라거나 따로 살기에 독립적이라고, 이분법으로 볼 문제는 아니라고 생각합니다. 각자 처한 사정이나 상황에 따라 다르니까요. 물리적인 독립뿐 아니라 정서적, 경제적인 독립에 대한 고려도 함께 이루어져야 한다고 생각합니다. 이를 인지하지 못하면, 나와 사는 것만으로 부모와 독립적으로 분리되었다고 착각하기 쉽습니다.

물리적 독립은 독립적인 인간이 되는 과정에서, 하나의 수단일 뿐이라고 생각합니다. 단지 거기에서 끝나는 것이 아니라, 다른 측면에서도 오롯이 혼자 설 수 있어야 진정한 독립에 이르게 됩니다. 단, 물리적으로 아직 독립을 하지 못했다면 경제적, 정서적 독립에도 영향을 끼치기 쉽습니다. 흔히 부모와 사는 성인을 '캥거루족'이라고 폄하하는 이유도 이 때문입니다. 같이 살면 소위 말하는 비빌 언덕이 있으니 유약해지기 쉽다고 보는 거지요. 부모와 살며 용돈을 받아쓰거나, 사소한 부분까지 기대는 경우가 여전히 존재하기 때문입니다. 이로 인해, 물리적인 독립 여부를 경제적, 정서적인 독립 상태와 일치시키는 시각도 생겨나고요. 부모의 집에 살며 여러 방면으로 의존하지 않으려면, 아무래도 각고의 노력이 필요합니다.

반면 물리적 독립이 되어있다면, 자연스럽게 자립심이 강해질 확률이 높아집니다. 어려움에 부딪혔을 때 어떻게든 직접 해결해보려 애쓰게 되고요. 누군가는 치워야 하니 어쩔 수 없이 집안일을 할 것이고, 본인이 집세를 내야 할 경우에 경제활동을 그만두기가 쉽지 않습니다. 부모에게 의지하지 않고 주체적으로 살아가게 되지요. 하지만 그럴 경향이 높다 뿐이지, 물리적으로 독립한 모두가 자립이 된 것으로 일반화할 수는 없습니다. 앞서 동창 D와 같은 사례도 있으니까요.

결국 진정한 독립이란 물리적, 경제적, 정서적 독립의 삼위일체가 아닐까 싶습니다.

당신은 지금 얼마나 독립적으로 살고 있나요?

자취
로망과
현실의
차이

20대 중반, 세 명의 친구와 떠난 1박 2일 여행이었습니다.

여행의 마지막 날, 숙소 거실에 둘러앉아 한 잔 두 잔 마시며 얘기를 나누고 있었죠. 거실에 켜 놓은 TV 예능 프로그램에서는 자취에 관한 이야기가 나오고 있었습니다. 패널들은 열띤 토론을 펼치더군요. '자취가 좋다', '부모님이랑 사는 게 낫다' 양편으로 나뉘어서요. TV를 보던 우리도 토론에 동참했습니다. 공교롭게 부모님과 살던 두 명과 자취하던 두 명으로 쪽수가 맞았습니다. 그런데 입장이 요상하게 반대로 갈렸습니다. '자취파'는 '부모님과 사는 게 좋다'는 쪽으로, '비자취파'는 '자취가 부럽다' 쪽으로 말이죠. 각자 편에 서서 패널들 얘기에 한마디씩 거들었습니다. 이야기는 어째 점점 '지금의 내가 얼마나 불행하고 힘든가'로 흘러갔습니다.

비자취파 맞아. 자취하면 나는 제일 부러운 게 그거더라. 혼자 살면 샤워하고 옷 벗고 나올 수 있고, 잘 때 다 벗고 잘 수도 있잖아. 부모님이랑 살면 한여름에도 훌러덩 벗기가 힘들어, 샤워하고서도 풀착장 해야 되고.

자취파 그렇긴 해. 가끔 속옷 가지러 그냥 나올 때 엄청 편하지, 근데 나 그렇게 쭉 벗고 다니다가 감기 들었잖아, 혼자 사는데 아프면 무지 서럽다?

비자취파 하긴, 아플 때는 엄마가 완전 소중하지. 인정. 근데 그건 좋잖아. 혼자 살면 친구들 초대해서 놀 수 있는 거, 부모님이랑 살면 그런 건 아무래도 힘들어. 어쩌다 집이 비면 모를까. 내 집 없는 설움이 이런 건가 싶다.

자취파 뭐, 좋을 때도 있긴 한데 가끔 얼마나 귀찮은지 알아? 다들 자취방에 몰려와서 놀자는데, 가고나면 쓰레기도 한 더미, 치울 것도 한 더미야. 싫다고 거절하면 또 서운해 할까 봐 마음 쓰이고. 거기다가 자고 가겠다는데 쫓아낼 수도 없고 나 참. 너네야 놀러 가는 입장이니까 모르지, 우리 집이 아지트도 아니고.

비자취파 헉. 우리도 엄청 놀러 갔었는데 미안해야 하는 거지? (일동 웃음) 근데 난 혼자 살면 그게 로망이야. 가끔 그럴 때 있잖아. 혼자서 큰 소리로 노래 부르고, 음악 틀어놓고 춤추고 싶을 때…… 아! 소리 내서 엉엉 울고 싶을 때도.

자취파 오, 노노. 얘가, 얘가, 층간 소음 모르는구나? 원룸 살면 옆집, 윗집, 아랫집 소리 다 들린다. 노래 할래도 못해. 쫓아 올라올까 봐. 나 가끔 밤에 뒤꿈치 들고 걷잖아.

비자취파 윽… 그러네…… 층간 소음. 하긴, 현실은 원룸이지. 그걸 생각 못 했네. 그래도 그건 좋지 않아? 엄마 안 계시니까 내가 먹고 싶을 때 아무거나 먹잖아. 야식 먹어도 잔소리 하는 사람 없고, 삼시세끼 라면 먹어도 되고. 혼술해도 누가 뭐라 하는 사람도 없고.

자취파 응. 3개월은 좋았던 거 같아. 맨날 라면 끓여 먹고, 배달 시켜 먹고, 편의점 간식 사다 먹고. 근데 줄창 먹으면 몸에서 MSG 그만 넣으라고 신호 온다? 내가 나와 살면서 집밥의 소중함을 알았잖아. 가끔 본가 가면 엄마 밥이 그렇게 좋아.

비자취파 근데 밥도 잔소리랑 같이 먹어 봐. 소화 안 돼서 얹힌다? 가끔 그게 싫어서 일부러 따로 먹을 때도 있다니까. 그리고 자유가 없어 자유가. 아침에 더 자고 싶어도 눈치 보여서 일어나야 하거든. 하루 종일 뒹굴뒹굴하고 싶을 땐 좀 혼자 살고 싶더라. 조용히 쉬고 싶을 때도. 아, 그리고 가끔 애인이랑 통화할 때도 방음이 안 돼서 곤란해.

자취파 오케이, 우리도 그건 인정. 내 멋대로 뭘 해도 아무도 터치 안 해. 부모님 잔소리 더 안 들어도 되는 건 완전 좋아. 늦게 들어와도 뭐라 하는 사람도 없고. 나 언제는 자다 눈떴는데도 밤인거야, 세상에 한 24시간 잤나? 근데… 그것도 계속하니까 못 할 짓이더라. 언젠 그런 생각도 해봤어. 이대로 잠들다 죽어도 아무도 모를 거 같다는 생각.

비자취파 야, 너무 극단적인 거 아니야?

자취파 아무튼 혼자니까 혼자 잘 챙기면서 살아야 해. 먹는 것도 그렇고 자는 것도 그렇고. 가끔 혼자라는 게 무서울 때도 있어. 불 꺼진 온기 없는 집에 들어오는 느낌 아니?

비자취파 음… 결론은 그거네, 자유 빼고 싹 다 단점? 아…… 그래도 자유, 부럽다!

자취파 잠깐만, 아직 할 말 많은데. 그리고 제일 중요한 얘기는 왜 안 해? '돈'이 빠졌잖아 돈. 자취하면 숨만 쉬어도 돈이다? 나, 이제 백수잖아. 다음 달 월세가 걱정이다 벌써. (단체 숙연…………)

$\oplus$

그 날의 뜨거웠던 토론과 달리, 이제는 어느 입장도 부러워할 필요가 없다는 것을 압니다.

세상 모든 일에는 장단점이 있기 마련이니까요.

무한 자유가 주어지는 대신 책임도 무한히 져야 하는 자취든, 여러 가지 실속을 챙길 수 있지만 말 못 할 불편함이 있는 비자취든, 각기 나름의 고충이 있습니다.

다시 그때로 돌아간다면, 저는 자취파와 비자취파의 입장 중 어느 편에도 서지 않을 것 같습니다. 대신 토론의 마무리를 이렇게 했을 겁니다.

1. 주어진 환경과 현재 상태를 냉정하게 판단하여
자취와 비자취를 선택한다.
2. 스스로 결정했다면,
지금의 선택을 정답으로 만들기 위해 노력한다.

프로
자취러 J

사회초년생 때 만난 J는 여러모로 독특했습니다.

회사 앞에서 동료들과 모닝커피 사가는 게 낙이던 그 시절, J는 유유히 가져온 텀블러를 흔들어 보이며 지나가곤 했습니다. 점심으로는 늘 챙겨온 도시락을 따로 먹었고요. 어떻게 바쁜 출근길에 도시락을 매일 싸올 수 있는지, 모두 J가 대단하다며 혀를 내둘렀지요. 음료를 사 마시는 것도 거의 본 적이 없습니다. 언젠가 커피 사겠다는 제 말에, J는 탕비실 커피면 충분하다고 마음만 받겠다며 한사코 거절하기도 했습니다.

그러다가 J와 함께 나간 외근에서 많은 대화를 나누게 되었습니다. J는 매일 도시락과 커피를 싸서 다니는 이유가 식비 절감 차원에서라고 했습니다. 대학 때부터 자취하기 시작하며 줄일 수 있는 건 식비밖에 없다는 사실을 깨달았다나요. 본인 목표는 수도권에 집 장만하는 거라면서 그때까지 어떻게든 아껴서 돈을 모으고 싶다더군요. 그제야 J의 지난 행동들이 이해가 되었습니다. 왜 바쁜 아침에 도시락을 싸서 다닐 수밖에 없었는지, 왜 남은 팀 간식이나 버리는 물품이 생길 때면 살뜰히 챙겨가곤 했는지 말이죠.

소비 습관에 대한 소신뿐 아니라, J는 매사에 야무지고 꼼꼼했습니다. 나이에 비해 어른스러우며 침착했고요. 가끔 이번 생이 J의 두 번째 인생이 아닐까 생각한 적도 있습니다.

그러던 어느 날 퇴근 무렵이었습니다. 오늘 가볍게 한 잔 어떠냐고 누군가 바람을 잡았지요. J 집에서 마시면 어떻겠느냐며 분위기가 흘러갔습니다. 곤란할 법한 상황인데도 J는 예의 그 차분한 목소리로 말했습니다. "미안한데 미리 약속 잡고 방문했으면 좋겠어요. 원래 친구들과도 급 약속은 안 잡는 편이라서." 똑 부러지게 거절하더군요.

그로부터 몇 달 뒤 J의 초대로 동료들과 집에 방문했습니다. 집은 엘리베이터가 없는 4층이었습니다. 줄줄이 힘겹게 계단을 오르던 중 집주인 할머니와 마주쳤습니다. 선봉장에 선 J를 쓰윽 한 번 보고는, "오늘은 남동생 말고 친구들이 왔나벼?"하시더군요. 의아한 눈으로 묻는 제 눈짓에, 일단 들어가자며 안으로 이끄는 J. 남동생 외국에 있지 않느냐는 물음에, 그녀는 담담하게 말했습니다. "여자 혼자 산다면 소문 금방이에요. 집에 건장한 성인 남자가 왔다 갔다 하는 걸 알아야지, 혼자 사는 여자가 얼마나 위험한지 아세요?", 그 말에 다들 입을 떡 벌렸습니다. 그러면 배달 음식도 못 시키겠다는 누군가의 질문에 J가 대답했습니다. "그럴 리가요. 한 달에 한 번 시켜 먹는 게 낙인데. 대신에 꼭 선결제해요. 문앞에 두고 가시라 말씀드리고." 역시 J는 야무지다며 다들 고개를 끄덕였습니다.

J의 집은 매일 청소하는 게 분명한 듯 정리 정돈이 잘 되어있었습니다. 살림살이는 소박했지만 모든 것들이 정갈히 놓여있었죠. 그때 서랍을 뒤적이더니 종이 한 장을 꺼내든 J, 이게 뭐냐는 눈빛에 그녀는 큼큼 목소리를 가다듬더니 말합니다.

"저희 집에서 지켜야 할 규칙이에요, 미리 말 안 했다가 나중에 감정 상하는 것보다 낫잖아요?" 역시 J는 보통 사람이 아니었습니다. 다들 뜨억하며 들여다본 종이에는 주의사항이 빼곡했습니다.

1. 침대 위에는 절대 올라가지 말 것
2. 음식은 지정된 자리에서만 먹을 것
3. 허락 없이 냉장고 열지 말 것
4. 뒷정리는 함께한 후에 귀가할 것

.

.

.

주의사항을 모두 숙지한 이후에 움직일 수 있었습니다. 누군가는 손님한테 너무 빡빡한 것 아니냐며 볼멘소리를 했지만, 저는 그 마음이 십분 이해되더군요. 그동안 드나든 방문객에게 알게 모르게 마음 상하는 일이 많았을 겁니다. 그럴 바엔 차라리 미리 말해야 싶었을 거고요. 좋은 게 좋은 거 아니냐는 핑계로 무례하게 행동하는 사람들에게 그만한 특효약이 없었겠지요.

그때 누군가 울린 배꼽시계에 J는 요리해주겠다며 부엌으로 향했습니다. 그녀의 뒤에서 본 냉장고 역시 특별했습니다. 포스트잇으로 각종 재료 구매한 날짜와 유통기한이 붙어있더군요. 옆에는 일주일 치 식단 표가 짜여있었고요. 자체 급식이냐는 누군가의 질문에, "재료 상황 보고 식단을 짜놓으면 음식 버릴 일이 많이 줄어들어요"라고 J는 답했습니다. 냉장고 안에도 각종 재료가 지퍼백에 담겨 깔끔하게 자리 잡고 있었습니다. 다들 입을 헤 벌리고 엄지를 치켜들기에 바빴지요. J의 집에서 머무는 동안, 감탄사는 잊을 만하면 한 번씩 터져 나왔습니다.

시간은 흘러 각기 다른 회사로 이직하고, J와의 연락이 서서히 뜸해졌습니다.

그 후로 건너 건너 들려온 그녀의 소식은 놀라웠습니다. 융자를 끼긴 했지만, 수도권에 자가를 마련했다더군요. 그렇게 야무지더니 역시 목표를 이뤘구나, 새삼 대단했습니다.

자취할 생각이라는 후배에게 가끔 J의 이야기를 하곤 합니다. 대부분 이야기를 들으면 어떻게 그렇게까지 하느냐며 손사래를 치지요. 그러다가도 집을 장만했다는 대목에서는 다들 솔깃해합니다.

사회초년생이 금전적으로 여유 있을 확률은 극히 낮습니다. 부모님이 금전적으로 지원해주는 경우가 아니라면, 대부분 빠듯하게 시작하게 되지요. 이런 상황에서 자취를 시작하면 자유에 대한 기쁨도 잠시, 냉혹한 현실에 부딪힙니다. 지출이 급속도로 늘어나기 때문인데요. 대출금부터 이자, 공과금 등 각종 비용을 내고 나면 월급이 스치듯 사라집니다. 그래서인지 주변에서도 호기롭게 나왔다가, 본가로 다시 돌아가는 경우를 심심치 않게 보곤 합니다.

하지만 자취하며 살림을 규모 있게 운영해나간다면, 장기적으로 인생에 많은 도움이 됩니다. 관리하는 과정에서 세상 물정에 밝아지게 되기 때문이죠. 그런 의미에서 자취 비용을 일종의 인생 수업료라고 생각해도 되지 않을까 싶습니다. 물론 수업료가 꽤 비싸긴 합니다만……

다 큰 어른이
부모님과
산다는 건

〈S 이야기〉

최근 직장에 취업한 S는, 부모님과 살고 있습니다.

가장 큰 이유는 경제적인 부분 때문입니다. 나가 살면 돈 모으기 힘들다는 말이, 그냥 앓는 소리가 아니었다는 것을 부동산 다니며 알게 되었습니다. 시세는 기함할 수준이었습니다. "에이, 그 돈으로 요새 반지하도 힘들어요"라는 말을 듣기 일쑤였지요. 어찌 구한다 해도 대출금이나 월세를 내고 나면 쥐꼬리만한 월급에 남는 돈이 있을까 싶었습니다. 집세뿐 아니라 다달이 내야 하는 공과금에 각종 생활비까지……. 계산기를 두드려보니 도저히 답이 나오지 않았습니다. 일상 속 많은 것들이 사실은 비용이었다는 것을 새삼 알게 되었습니다. 그래도 통근 거리가 멀었다면 눈 딱 감고 독립했을 텐데, 마침 직장 역시 집에서 그리 멀지 않았습니다. 일단 같이 살며 돈을 모으는 게 낫지 않느냐는 부모님의 제안에, S는 '보증금 모을 때까지'로 목표를 정하고, 부모님 집에 살기로 마음먹었습니다.

그런데 막상 같이 살고 보니, 고민이 하나 생겼습니다. 부모님께 생활비를 드려야 할지 말지 망설여졌지요. 이제 돈을 버니까 조금이라도 보태야 하는 건가 싶다가도, 빠듯한 월급에 드리는 게 맞는 건지 결정하기가 쉽지 않았습니다. 주변 선배들에게 물어보니 '종잣돈 모으는 게 먼저다. 나중에 돈 모으고 드려라'라는 부류와, '그래도 집에 얹혀사는데 성의껏 비용 분담을 해야 하지 않느냐'는 부류로 나뉘었습니다. S는 한참을 고민하다가 무리 되지 않는 선에서 드리기로 합니다.

회사에 다녀보니 하루하루가 쏜살같이 지나갑니다. 새벽 공기 맞으며 출근해서, 별 보며 퇴근하는 날들의 연속이지요. 그러다 보니 집안일에 신경 쓰기란 여간 쉽지 않습니다. 특히 퇴근하고 나서는 손 하나 까닥할 기운도 없습니다. 쓰러져 자기 바쁘지요. 빨랫감은 점점 쌓여가고, 청소는 며칠째 엄두도 못 냅니다. 새삼 직장 다니면서 모든 걸 챙기시는 부모님이 존경스러워집니다.

사실 S는 맞벌이하는 부모님으로 인해, 어려서부터 집안일을 많이 해온 편이었습니다. 어느 정도 습관이 되어있음에도 불구하고, 회사 다니면서 신경 쓰기란 또 다른 차원의 문제였지요. 있는 반찬 꺼내서 차려 먹고, 설거지하고, 가끔 청소나 빨래를 돕는 정도일 뿐, 어쩔 수 없이 많은 부분은 엄마가 도와주십니다.

예전에 자취하는 친구가 S에게 농담 삼아 했던 말이 문득 떠오릅니다. "자취했을 때 장점이 뭔 줄 알아? 엄마가 없다는 거야. 자취했을 때 단점은 뭐~게? 그것도 엄마가 없다는 거"

S는 오늘도 우렁각시 왔다 간 듯 깨끗해진 방을 보며, 어쩐지 미안한 마음이 듭니다. 거실에 계신 엄마에게 이번 주 화장실 청소는 내가 하겠다고 슬쩍 말해두지요.

주로 평일에는 회사에 있으므로, 부모님과 마주치는 시간이 길지 않습니다. 문제는 주말인데요. 주말에 함께 시간을 보내다 보면 가끔 부딪힐 때가 있습니다. "일찍 일찍 다녀, 요즘 왜 그렇게 술을 자주 마시니?" 잔소리가 물론 걱정되어 하는 말씀인 걸 알지만, 알아서 잘 할 텐데 간섭하는 것처럼 느껴지기도 합니다. 엄친딸 얘기도 고역입니다. 친구 딸이 이번에 결혼한다더라, 인센티브 받아 용돈을 줬다더라, 이런 말들은 꼭 비교 당하는 것 같아서 듣기가 싫어지지요. 학생 때야 선택의 여지가 없었지만, 돈을 벌기 시작하니 '확 나가서 살아버릴까'라는 생각이 불쑥불쑥 치밀어 오릅니다. 이래서 다들 독립하는 건가 싶습니다.

하지만 부르르 올랐던 짜증도 깃털같이 가벼운 통장을 바라보면 사그라듭니다. S는 아직은 돈을 좀 더 모아야 할 때라고 마음을 다잡아봅니다. 대신 고민 끝에 나름의 자구책을 생각해냅니다.

먼저, 부모님 집을 직장이라고 생각하며 마인드 컨트롤 해봅니다. 직장에서는 돈을 받는 대가로 이해가 안 되더라도 오너의 말을 들을 수밖에 없습니다. 아무리 기분 나쁠지언정, 월급을 생각하면서 근근이 버텨내지요. 집에서 역시 마찬가지입니다. 오너는 세대주인 부모님입니다. 부모님 집에 살며 알게 모르게 얻는 이득을 따져보면 잔소리쯤이야 싶기도 합니다. 새삼 이 정도는 견딜만하다는 생각이 들며 마음이 조금 가라앉습니다.

부모님과 적당한 거리두기를 실천하기도 합니다. 오래 한 공간에 같이 있으면 부딪힐 확률 또한 높아지므로, 눈치 봐서 집에 머무르는 시간을 최소화하는 거지요. S는 당분간 직장 관둘 생각은 말아야겠다고 다짐하며, 주말에 나가서 할 만한 것들을 이것저것 검색해봅니다.

몇 달이 지나니 통장 잔고가 조금씩 채워져 갑니다. S는 엑셀을 펼쳐

두고 지금 추세로 보증금 모을 때까지 어느 정도의 시간이 걸릴지 가늠해봅니다. 얼추 계산을 끝낸 뒤에 마음을 다잡고, 어쩐지 기분이 가라앉아 보이는 부모님에게 다가갑니다.

"요즘 엄마 아빠 지쳐 보이는데 내일 소고기 파티 어때? 월급 받은 기념으로 내가 쏜다! 그리고 이번 주말에는 다 같이 대청소 한 번 할까요?"

㊏

성인이 되어 부모님과 사는 이유 중 여러 가지가 있겠지만, 대부분 경제적 이유가 큽니다. 팍팍한 월급에 집세와 각종 비용을 제하고 나면 돈을 모으기가 쉽지 않기 때문이죠.

어쩔 수 없이 부모님과 살아야 한다면 경제적, 정서적 독립까지 영향을 미치지 않도록 의식적으로 더 노력해야한다고 생각합니다. 소정의 생활비를 부담하거나 가사 분담하기, 적당한 거리두기 등 본인만의 수칙을 정해두고 지키는 것도 좋습니다. 아무래도 같이 살고 있으니 더 의지하려는 마음이 생기거든요. 알게 모르게 부모님 사고방식에 영향을 받기도 하고요.

나름의 노력을 했음에도 불구하고 갈등이 빈번하게 발생한다면, 나와서 살아보는 것도 하나의 방법입니다.

절약하는 비용보다 정신건강이 훨씬 중요하니까요.

정서적 독립이
시작된
순간

한때 부모님에게 받는 '인정'이 중요했습니다. 부모님을 실망시키는 것에 대한 두려움이 있었지요. 주로 기뻐하시는 모습에 동기부여를 얻었고, 마뜩찮아 하시면 마음을 접었습니다.

대학 시절, 진로를 결정할 때도 그런 패턴이 이어졌습니다. 부모님이 안정적이고 괜찮은 직업이라고 했던 공무원에 마음이 끌렸습니다. 부모님과 상의 후에 휴학까지 하며 수험생활을 시작했습니다. 하지만 공부에 좀처럼 집중하기가 힘들었습니다. 책상에는 앉아있지만, 머릿속은 온통 딴생각뿐이었습니다. 당시에 썼던 일기장을 보면 '뒷바라지하시는 부모님을 위해서라도 합격한다!', '부모님 생각하며 힘내자!' 등 공부의 목적과 이유가 온통 부모님이었습니다.

수험생활 아닌 수험생활을 지속해가며 이건 아닌 것 같다는 생각이 스멀스멀 올라왔습니다. 내면의 신호에 응답하고 싶은 마음과 부모님 기대를 저버리고 싶지 않은 마음이 끊임없이 싸워댔습니다. 그럴 때면 슬럼프에 빠졌을 뿐이라고, 애써 불편한 감정을 외면했습니다.

집에 있으면 눈치 보이니 느지막이 도서관에 가서 빈둥거리다가 해질

녘쯤 돌아오는 생활을 반복했습니다. 공부하는 게 아니라 공부하는 것처럼 보이려 애썼지요.

그러던 어느 날이었습니다. 그날도 해가 중천에 뜰 때까지 잠을 자고 부스스 일어나 부엌으로 갔습니다. 식빵을 굽고 커피를 내려 TV 앞에 앉았죠. 한 손에는 토스트를 들고 당시 유행하던 예능 프로그램을 보며 배꼽 잡을 때였습니다. 안방에서 나오신 엄마 표정이 살벌했습니다. 이내 리모컨을 뺏어 전원을 끄더니 요즘 공부하는 게 맞느냐며 다그치셨지요. 정곡을 찔린 그 말에 당황스럽기도 하고 괜히 울컥해서 "엄마는! 내 마음도 모르면서!" 소리를 꽥 지르고 문을 쾅 닫으며 방으로 들어왔습니다. 이유 모를 서러움에 철푸덕 주저앉아 엉엉 울었지요.

그리고는 주섬주섬 가방을 챙겨 밖으로 나와서 하염없이 걸었습니다. 직면하기 어려워 한구석에 접어뒀던 불편한 생각이 툭 튀어나온 느낌이었죠. 괜히 엄마의 그 말이 서러웠던 이유는, 은연중에 부모님을 위해 준비하는 시험이라는 생각이 있었기 때문입니다. 이로써 공부의 주체가 내가 아님이 명백해졌죠. 과연 나는 누구를 위해 공부한답시고 허송세월하고 있는 걸까, 왜 스스로의 인생을 낭비하고 있는 걸까, 나는 누굴 위해 사는 걸까, 하염없이 길을 걷고 또 걷고… 엉클어진 생각의 끝은 발이 퉁퉁 부어오를 때쯤, 매듭지어졌습니다.

'그래, 시험공부를 관두자.'

결심은 했지만, 부모님께 어떻게 말을 꺼내야 할지 막막했습니다. 사실 그동안 공부하는 척을 했다, 내가 원해서 했던 공부가 아니라는 걸 깨달았다, 그래서 그만두겠다, 이 말을 할 수 있을까… 도저히 입이 떨어질 것 같지 않았습니다. 어떻게 얘기를 드려야 할지 며칠을 끙끙대며 고민했습니다. 더는 미룰 수 없어 드디어 마음을 정한 그날, 공부를 그만두겠다고 부모님께 말씀드렸습니다. 차마 얼굴 볼 자신이 없어 고개는 푹 숙인 채였습니다.

힘겹게 꺼낸 말끝에 무거운 침묵이 이어졌습니다. 꽤 오래 이어진 정적에, 두려웠지만 천천히 고개를 들어 부모님을 바라봤습니다. 그리고 충격과 실망감에 휩싸인 안색과 마주했습니다. 처음 마주한 낯선 표정을 보는 순간, 가슴이 쿵하고 내려앉았습니다. 파노라마처럼 그동안 인정받고 싶어 동동댔던 지난날이 스쳐 갔습니다. 학교에서 받은 상장을 자랑하던 날, 잘 나온 성적표를 식탁 위에 올려놓던 날, 누군가에게 받은 칭찬을 신이 나서 전하던 날. 그럼으로써 전해져오는 부모님의 벅차고 기쁜 마음. 그 뿌듯한 인정들이 모여 쌓인 공든 탑이, 한순간에 와르르 무너져 내렸습니다.

일단 알겠다는 부모님 말씀을 끝으로, 서로 아무 말 없이 자리는 파해졌습니다. 방으로 돌아온 저는 형언하기 어려운 마음과 마주했지요. 찜찜하기도 했지만, 한편으로는 홀가분하기도 했습니다. 묵은 체증이 쑤욱 내려간 듯한 후련함도 있었고요. 적절한 비유인지 모르겠지만, 마치 그동안 위장해서 살다가 정체가 밝혀진 후 자유롭게 나다닐 수 있게 된 기분이었달까요.

그제야 비로소 부모님에게서 떨어져 나온, 아이 같던 유약한 마음이 조금이나마 성장한 것을 느꼈습니다. 정서적 독립에 첫발을 내딛은 순간이었습니다.

⊕

그 후로 인생에서 무언가를 결정할 때, 나를 우선으로 두게 되었습니다. 때로는 부모님이 실망하실 만한 결정을 하고, 이런 결정에 서운해 하실 때도 있지만, 크게 개의치 않습니다. 더 이상 그 마음이 걱정되어 원치 않는 결정을 억지로 하지 않지요. 이해하지 못하시는 부분에 대해 충분히 설명해드리고 설득하려 노력하지만, 그래도 납득치 못하시는 부분은 어쩔 수 없이 그대로 둡니다. 실망감이나 섭섭함은 부모님이 해결하실 몫이니까요.

(土)

문득, 책 『데미안』의 한 구절이 떠오릅니다.

"새는 알에서 나오려고 투쟁한다.
알은 세계다.
태어나려는 자는 한 세계를 깨뜨려야 한다."

불편한 감정을
표현한다는 건

사춘기가 오기 시작한 열대여섯 살 무렵이었습니다. 같은 반 남학생을 짝사랑했습니다. 한참을 고백할까 말까 망설이다가, 우연히 그 애가 내 친한 친구와 사귄다는 사실을 알게 되었습니다. 심지어 친구에게 그 애를 좋아한다는 걸 털어놓기까지 했던 터라, 배신감에 며칠을 끙끙 앓았죠.

심란한 얼굴을 보신 부모님이 무슨 일 있느냐 물었고, 이내 속상한 마음을 털어놓았습니다. 한참 제 얘기를 듣던 부모님은, 학생이 공부에 신경 안 쓰고 왜 그런 곳에 마음을 쓰느냐는 말씀을 하셨지요. 이미 난 상처에 그 말은 소금처럼 뿌려져, 마음이 더 힘들었던 기억이 납니다.

성인이 되어서도 비슷한 패턴은 반복되었습니다. 첫 아르바이트에서 일이 힘들다고 했을 때, 부모님은 사회생활이란 원래 그런 것이라 했고, 사내 괴롭힘으로 마음이 고달플 때, 어딜 가도 그런 사람은 있다며 네가 잘 지내려 노력해보라고 했습니다. 퇴사하고 싶다는 말에는 여기서 못 견디면 다른 곳에서도 참지 못할 거라며 잘 이겨내 보라고 하셨죠. 주로 부모님은 공감보다 문제해결이나 논리에 집중하셨습니다.

물론 다 맞는 말인 걸 알지만, 위로받지 못한다는 생각이 들었습니다. 부모님 말씀을 들을수록 내가 나약한 사람인 것만 같았고, 모든 것이 나의 잘못인 것처럼 느껴졌습니다. 마음의 문은 조금씩 닫혔고, 무슨 얘기 들을지가 뻔했기에 말을 하고 싶지 않았습니다. 그럴수록 감정적으로 점점 멀어져갔습니다.

꾹꾹 눌러놓았던 서운함이 한 번씩 폭발할 때도 있었습니다. 짜증을 내며 감정을 표현하기도 했고, 가끔씩 격앙될 때도 있었지요. 그럴 때면 상황은 극한으로 치달았습니다. 부모님은 언성을 높인다며 언짢아하셨고, 저는 마음을 몰라주는 것이 속상했습니다. 반론을 제기했을 뿐인데, 반항한다는 결론으로 귀결되어 분위기는 싸늘해졌습니다. 서로를 이해하지 못한 채 갈등의 골은 깊어져 갔습니다.

더 늦기 전에 관계를 개선하고 싶었습니다. 원인을 찾아보려 애썼지요. 한참을 고민한 결과, 제게 두 가지의 문제가 있다는 걸 깨달았습니다. 하나는 부모님과 정서적으로 지나치게 밀착되어 있다는 것, 또 하나는 마음을 표현하는 방법에 서툴다는 것이었습니다.

먼저, 부모님과 정서적으로 너무 가까워서, 별것 아닌 일에도 금세 상처받곤 했습니다. 부모님의 사고방식이나 감정에 크게 영향을 받았지요. 특히 내 맘 같지 않다고 느낄 때는 더욱 민감하고 예민하게 받아들였습니다. 지나치게 기대하고 의지했던 만큼, 더 실망하기도 했고요. 부모 자식 관계 이전에 서로 다른 독립된 개체라는 것을 잊고 있었습니다.

부모님을 객관적으로 보기 시작하자, 마음의 적정 거리가 생겨났습니다. 조금 떨어져서 바라보니, 이전엔 보이지 않던 것들이 보였고요. 부모님의 말을 액면 그대로 받아들이는 것이 아니라, 숨겨진 뜻을 읽을 수 있었습니다. 표현방식은 투박하고 서툴렀지만, 그 안에는 늘 걱정되고, 속상한 마음이 담겨있음을 알게 되었습니다. "학생이 공부 안 하고 연애에 신경 쓰니"라는 말은 '공부에 집중하지 못하고 나쁜 무리와 어울릴까 걱정된다'라는 말이었고, "사회생활이 원래 다 그래"라는 말은 '부딪히고 깨지는 네 모습이 속상하다'라는 표현이었으며, "어딜 가도 이상한 사람은 있기 마련이야"라는 말속에는 '사람에게 시달리는 네가 안쓰럽고 가엾다'라는 마음이 있었습니다.

말의 숨은 뜻이 읽히자, 더 이상 그 말들이 비수처럼 날아와 상처가 되지 않았습니다. 더불어 나 역시도 서툴지만 마음을 잘 표현해야 할 필요가 있음을 느꼈고요.

표현법에 있어서는 특히 오은영 박사님의 강연에서 많은 도움을 받았습니다. 박사님은 부모님에게 불편하고 싫은 감정을 '좋게' 표현하는 방법에 대해 세 단계로 알려주셨습니다.

첫 단계는 부모님의 노고를 인정하는 겁니다. 예를 들어, "어려운 시절에도 저를 잘 키워주신 것 알아요"라고 말하며 그간의 공을 인정해드리는 거지요.

다음으로 적대감이 없음을 설명합니다. 예를 들어, "제가 말씀드리는 부분에 대해 너무 언짢아 마세요. 누구보다 가까운 사이라고 생각하니 편히 말씀드리는 거예요"라며, 불편한 감정의 허들을 낮추는 겁니다.

마지막 단계로, 내 마음을 차분히 이야기합니다. 예를 들어, "부모님이 저 잘되라고 했던 말씀 중에는, 제게 상처가 되는 부분이 있어 마음이 아팠어요"처럼, 담담하지만 분명하게 심정을 표현하라는 것이었습니다.

이렇게 불편한 감정을 '좋게' 표현하기 시작하면, 대화가 서서히 부드러워집니다. 반면 아무리 좋은 말이라도 '나쁘게' 표현하면, 대화가 예상치 못한 곳에서 삐걱대곤 하지요. 같은 물건도 어떻게 포장하느냐에 따라 다르게 느껴지듯, 상대방에게 어떤 방식으로 말을 전하느냐에 따라 결과는 천차만별입니다.

요즘도 가끔 부모님과 부딪힐 때면, 불편한 감정을 좋게 얘기하려 노력합니다. 불퉁하게 말하지 않고 내 생각을 부드럽게 표현하려고 하지요. 말하기 전에 스크립트를 써서 연습할 때도 있습니다. 그 시간이 쌓여갈수록 신기한 일이 일어났습니다. 단지 같은 말을 '좋게' 전달하려 노력했을 뿐인데, 부모님이 감정을 받아주시는 경우가 늘었습니다. 네 마음이 그랬는지 몰랐다고, 당신이 미숙하고 서툴렀노라고 말씀하시기도 했습니다.

그게 나부터 달라지고자 결심했기 때문인지, 부모님도 나이가 들며 마음이 약해지셔서 그런 건지는 잘 모르겠지만… 이전보다 관계가 꽤 말랑말랑해졌습니다.

㊏

관계 개선 외에도 또 다른 수확이 있습니다. 제 마음이 전보다 많이 편안해졌다는 건데요.

생각해보니 그때 오은영 박사님의 강연도 이렇게 끝이 났습니다.

"마음이 편안한 사람이 곧, 행복한 사람입니다."

인생을 고민하는
'일요일'

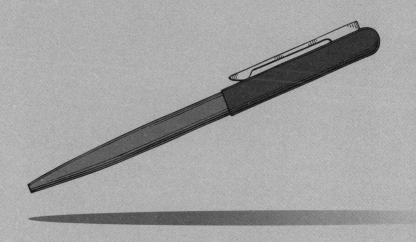

타인의 생각은 그의 것입니다

생애 첫 유럽 배낭여행에서 있었던 일입니다.

그날은 호스텔에서 만난 외국인 친구와 근처 펍(pub)에 가기로 한 날이었지요. 현지인들만 아는 핫한 곳이라는 말에 마음이 붕붕 들뜨고 설레었습니다. 이내 무슨 옷을 입고 가야 하나 고민에 빠졌습니다. 외국 펍은 처음이거니와 분위기가 어떨지 가늠이 되지 않았거든요. 친구와 만나기로 약속한 시각은 점점 가까워 오고, '에라 모르겠다. 잘 차려입으면 되겠지'라는 생각에 최대한 꾸미기로 결심했습니다. 한국에서 가져온 것 중 가장 화려한 옷을 입고, 머리와 화장에 잔뜩 힘을 준채로 호스텔을 나섰습니다.

펍은 구석지고 으슥한 골목 안에 있었습니다. 조명이 짙은 내부는 시끌벅적한 음악과 웃음 섞인 대화, 경기 중계 소리로 가득했죠. 주변을 둘러보니 건장한 체격에 캐주얼하게 입은 노란 머리 외국인이 대부분이었습니다. 그들은 누가 봐도 동네에 마실 나온 듯한 가벼운 차림새였고요.

순간 과하게 차려입은 내 모습이 부끄러워지며, 모두 나를 힐끔거리는 것 같은 망상에 빠졌습니다. 동양인이라는 것만으로도 튈 텐데 한껏 꾸민 모습이 촌스럽게 보이진 않을지, 왠지 주눅이 들었습니다. 민망한 마음에 머리를 긁적이며 얘기했습니다.

"나 너무 이상해 보일까."

그 말을 들은 외국인 친구가 의아해하며 말했습니다.

"다른 사람 생각을 왜 신경 써? 그건 그의 생각일 뿐이야."

습관적으로 타인의 시선을 의식하던 때가 있었습니다. 내 말이나 행동을 누군가 어떻게 생각할지 신경 쓰여 조심스러웠지요. 주변의 평가에도 민감한 편이었습니다. 모두가 좋아하는 사람이 되고 싶었거든요. 부정적인 말을 들을 때면 몇 날 며칠을 끙끙대며 고민하기도 했습니다. 과연 어떤 부분이 그의 마음에 안 들었을까 하고요. 항상 좋은 평가를 받고 싶었고, 잘했다는 피드백을 듣고 싶었습니다. 스스로에게 느끼는 만족보다 남에게 받는 인정이 더 중요했습니다.

무언가를 결정할 때도 마찬가지였습니다. 결정이 늘 어려웠던 이유는, 나침반으로 삼는 판단 틀이 외부에 있었기 때문입니다. 은연중에 '남들 보기에 이 정도면⋯⋯'이라는 타인의 잣대를 들이대곤 했습니다. 내면의 소리가 아닌 타인의 기대에 생각을 투영했습니다. 그러다 보니 결정한 이후에도 확신이 옅었고, 다른 사람이 어떻게 생각할까 끊임없이 걱정되었습니다.

타인의 평가에 연연하는 삶의 끝은 공허함이었습니다. 남 보기에 이만하면 괜찮지, 싶다가도 문득 지금 맞게 가고 있는 건가 불안해졌지요.

언젠가부터 외부에 두었던 시선을 내부로 돌리기 시작했습니다. 내가 어떤 일을 할 때 행복하거나 즐거운지 나에게 집중하려 노력했습니다. 먹고 싶은 음식, 입고 싶은 옷, 듣고 싶은 음악, 가고 싶은 곳, 만나고 싶은 사람 등 내면의 목소리에 귀를 기울이다 보니, 타인에게 기울어 있던 중심축이 점점 나에게로 옮겨지게 되었습니다.

내게 중심을 두니 어떠한 결정을 할 때도 나만의 주관이 생겼습니다. 타인의 잣대가 아닌 내면의 기준에 따르게 되었지요. 사소한 것부터 직접 결정하는 습관을 들이자, 큰 결정도 내 생각대로 할 수 있게 되었습니다. 운동하면 몸에 근육이 생기듯, 마음에도 결정 근육이 생겨난 겁니다. 시간이 지날수록 근력은 더 탄탄하게 붙어갔습니다.

마음의 근육이 단단해지자, 누군가의 부정적인 피드백에 그리 민감해지지 않았습니다. 타인의 생각은 그의 것이므로 내가 어찌할 수 없는 영역이라는 것을 깨달은 이후부터였습니다. 내 생각과 감정에 자유가 있듯이 타인 역시 그러하다고 생각하니, 마음이 조금 편안해졌습니다. 누가 뭐라고 하든 '그렇게 생각할 수도 있겠네'라고 넘기는 여유마저 생겨났지요.

Ⓗ

타인의 시선을 과도하게 의식하거나 영향을 받는 건, 상대의 평가로 내 가치를 정하겠다고 마음먹는 것과 같습니다.

남에게 보여주기 위해 사는 인생이 아닙니다.

'남이 나를 어떻게 생각하느냐'보다 중요한 건,

'내가 나를 어떻게 생각하느냐' 아닐까요?

SNS와 멀어지게 된 이유

SNS에 행복해 보이는 사진이 걸려있다고 해서, 그가 지금 행복한지는 알 수 없습니다. 보통 '잘 나온 사진' 혹은 '좋은 곳에 갔을 때의 사진'을 찍어서 올리니까요. 아무리 불안하고 힘들더라도 그 상황을 담아 올리는 사람은 드뭅니다. 사진 속에 보이는 이미지는 잘 꾸며졌을 가능성이 크지요. 그걸 알지 못했던 때에는 보이는 모습만으로 누군가를 동경하거나, 만들어진 내 이미지를 부러워하는 타인의 시선을 즐기기도 했습니다.

특히 삶이 만족스럽지 않고 불행했던 날 더욱 그랬습니다. 습관적으로 SNS의 지인 사진을 보며 내 인생과 비교하곤 했었죠. 나는 이렇게 힘든데 다들 잘 살고 있나 궁금하기도 했고요.

좋은 호텔에서 애프터눈 티 세트를 먹는 A.

해외 여행지에서 한가롭게 휴가를 즐기는 B.

외제차를 운전하는 C와 조수석 위의 명품백.

지인들과 캠프파이어 하며 환하게 웃고 있는 D.

프러포즈 반지를 낀 E의 손.

화려한 사진들을 보는 순간, 맛있게 먹던 햄버거가 갑자기 아무 맛이 나지 않습니다.

호텔에서 고급스러운 음식을 먹는 A와 달리, 정크 푸드나 먹는 내가 초라하게 느껴지죠. B는 한가로이 해외여행을 다니는데, 내일도 출근해야 하는 신세가 처량해집니다. 몇 년 치 연봉을 끌어모아도 사기 힘든 차를 운전하는 C를 보며, '계속 이 직장에 다니는 게 맞는 건가' 퇴사 욕구가 치솟고요. D를 보며 인간관계를 돌아보기도 하고, E를 보고는 부러움과 불안감이 동시에 스멀스멀 올라오지요.

화려한 사진을 보며 드는 마음은 자괴감입니다. 다들 행복한 것 같은데, 내 인생만 암흑 같습니다. 나만 잘 살고 있지 못하다는 생각에 기분은 점점 더 바닥을 칩니다.

왠지 이대로 있으면 안될 것 같아서, 나도 잘 지내고 있다는 걸 보여주고 싶어집니다. 프로필 계정에 잘 나온 사진을 올리기 위해 무진 애를 쓰지요. 고심해서 사진을 고른 뒤에 예쁘게 편집하고 보정합니다. 그러다가 문득 사진 속 내 모습이 낯설게 느껴집니다. 불행한 현실과 달리, 사진 속에선 환하게 웃고 있거든요. 잘 만들어진 사진을 업로드하면서도 왠지 뿌듯함 보다는 공허함이 밀려듭니다.

당시 마음이 괴로웠던 이유는 '보이는 것'에 치중하는 인생을 살았기 때문입니다. 내면이 비어있으니 자꾸 겉치장만 하게 되었고, 드러나는 모습에 민감했습니다. 온갖 화려한 것들의 총집합인 SNS 세상 안에서 경쟁하듯이 더 잘 지내는 것처럼 보이려 애썼지요. 내 마음이 여유롭고 인생이 만족스러웠다면 대수롭지 않게 넘겼을 타인의 모습도, 자꾸 내 상황과 비교하며 인생을 깎아내리는 수단이 되기도 했습니다. 생각해 보면 이 모든 것은 자존감의 문제였던 것 같습니다.

언젠가부터 그냥 내 인생을 잘 살아가면 된다고 생각한 이후로, SNS에 큰 의미를 두지 않게 되었습니다. '어떻게 잘 나온 사진을 올릴 수 있을까' 고민하던 예전과 달리, '어떻게 인생을 잘 살 수 있을까'에 좀 더 관심을 두게 되었지요. 다른 사람들이 사는 모습에 몰두할 시간에, 내 삶에 좀 더 집중하게 되었습니다. 그러다 보니 사진을 찾고 편집하는 과정조차 귀찮아져서 새로운 사진 업데이트에 소홀해졌습니다. 인생을 포장하는 것에 애쓰지 않다보니, 더 이상 타인의 근황이 궁금해지지 않았습니다. 아니, 살기 바빠지다 보니 자연스럽게 근황을 살펴볼 시간도 없어졌다는 말이 좀 더 정확하겠네요. 서로 각자의 자리에서 잘 지내는 것이 곧, 보이지 않게 소통하는 것이라 생각하게 되었습니다.

Ⓗ

얼마 전, 오랜만에 어느 지인에게 연락할 일이 있었습니다. 몇 년 만에 묻는 안부였지요. 카톡에서 그를 찾으려 등록된 친구 목록을 쭉 훑었습니다. 그 과정에서 몇몇 친구들의 화려한 프로필 사진이 보였지만, '잘 살고 있나 보네'라며 스치듯 생각하고 휘리릭 올렸습니다.

드디어 지인의 프로필을 찾은 뒤, 잘 지내느냐고 톡을 보냈습니다. 지인은 잘 지낸다며 너는 어떻게 지내느냐고 물었지요. 이전과 달리 망설임 없이 대답했습니다.

「저는 요즘 잘 지내고 있어요!」

살기 위해
운동합니다

한창 직장 스트레스가 심하던 시절이 있었습니다. 종일 시달리며 하루를 보내고 나면 퇴근 즈음에 에너지가 송두리째 빠져나갔지요. 도대체 기력이라고는 없어서 아무것도 할 수가 없었습니다. 집에 간신히 돌아와서 저녁도 거르고 이불 속에 들어가 누웠습니다. 하염없이 천장을 바라보며 우울해하다가, 출근을 걱정하며 잠드는 날이 꽤 오래 이어졌습니다. 기운이 없다는 핑계로 움직이질 않으니 상황은 점점 더 나빠졌습니다.

[기운이 없다 ⇨ 아무것도 하기 싫다 ⇨ 눕는다
⇨ 기운이 없다 ⇨ 아무것도 하기 싫다 ⇨ 눕는다 ……]

악순환의 무한 루프에 빠졌습니다. 누워만 있다 보니 몸의 근력은 계속 빠져나갔습니다.

그렇게 수개월의 시간을 보내자, 걷다가 다리에 힘이 풀려 주저앉게 되는 순간이 왔습니다. 조금만 움직여도 금세 피곤해지고, 숨이 차는 저질 체력이 되었습니다.

직장 스트레스만 나아지면 몸도 돌봐야겠다고 생각했던 건 착각이었습니다. 시간이 흘러도 스트레스는 나아질 기미가 보이지 않았으며, 몸 상태 역시 계속 좋지 않았으니까요. 피곤하다는 핑계로 사람을 만나지 않으니 우울감은 더 심해졌습니다. '건강한 몸에 건강한 정신이 깃든다'라는 말을 이런 식으로 체감할 줄은 몰랐습니다. 당시의 저는 병약한 몸에 병약한 정신이 깃든 상태였습니다. 이대로 시간이 흐르면 돌이킬 수 없겠다는 생각이 들었습니다. 그럴수록 몸을 움직여야 한다는 지인의 말을 믿어보기로 했지요.

널브러져 있던 몸뚱이를 일으켜 일단 운동화를 신고 밖으로 나갔습니다. '걷기'부터 시작했습니다. 처음에는 십 분만 걸어도 숨이 찼습니다. 그리고 일주일 뒤에는 이십 분, 한 달 뒤에는 삼십 분…… 점점 걷는 시간이 늘어났습니다. 물렁살처럼 처져 있던 몸은 조금씩 탄탄해졌고, 다리에도 힘이 생겼습니다. 몸을 움직이니 식욕이 돌았고, 끼니를 챙겨 먹기 시작하니 조금씩 기운이 차올랐습니다. 사람들도 다시 만나기 시작했고 마음을 나누다 보니 덩달아 기분도 좋아졌습니다. 직장 스트레스는 여전했지만, 운동으로 단련된 몸과 정신력으로 그 시기를 버틸 수 있었습니다.

지금도 저는 살기 위해 운동을 합니다. 주로 유산소 운동을 하고, 매주 두 번 정도는 근력 운동을 합니다. 예전에는 컨디션을 핑계로 운동을 거르는 날이 많았습니다. 하지만 쉬고 나도 몸은 여전히 무거웠습니다. 운동을 빠졌다는 죄책감에 마음마저 무거워졌고요. 피곤해서 운동을 못 한다는 말을 자주 했지만, 실은 운동을 안 해서 피곤한 것이었습니다. 결국은 정신력의 문제였지요. 마음만 먹으면 핑계야 얼마든지 댈 수 있거든요. 일이 늦게 끝나서, 몸이 안 좋아서, 약속이 있으니까 등 하지 않을 이유는 항상 넘쳐납니다.

운동을 시작하기까지가 힘들지, 막상 하고 나면 에너지와 활력이 생깁니다. 모든 신경을 몸에 집중하기 때문에 다른 생각할 겨를도 없습니다. 쌓였던 스트레스는 풀리고 걱정과 불안은 줄어듭니다. 마음이 단단해지지요. 예전에는 행복하려면 어떤 생각을 해야 하느냐에 집중했지, 육체적인 건강은 도외시했습니다. 그런데 경험해보니 정신 건강과 신체 건강은 불가분의 관계더군요. 몸을 움직이면 정신 건강도 덩달아 좋아집니다. 몸이 탄탄해지는 만큼, 멘탈도 강해지게 되지요. 지금도 우울하거나 걱정되는 일이 생기면 일단 나가서 몸을 움직입니다. 그리고 나면 그다지 심각하게 느껴지지 않거나, 생각지 못한 해결 방안이 떠오르기도 합니다.

또한 운동을 지속하면 성취감도 커집니다. '뿌린 만큼 거둔다'라는 말이 운동에 정말 찰떡이거든요. 인생을 살아가며 투입한 노력만큼의 결과가 항상 나오는 건 아닙니다. 아무리 애써도 시험에 불합격하거나 승진에서 미끄러질 수도 있고요. 하지만 몸은, 운동 효과는 그에 비해 정직합니다. 투자한 만큼의 성과를 관찰할 수가 있지요. 어제 되지 않았던 동작을 오늘 성공했을 때의 쾌감은 실로 엄청납니다. 이러한 성공 경험이 쌓이면 자신감이 점점 높아집니다. 운동할수록 변화가 보이니 더 재밌고, 지속하게 되는 선순환 효과도 있습니다. 열심히 운동하고 흘린 땀을 닦을 때 밀려오는 뿌듯함은 덤이고요.

Ⓗ

살기 위해 운동해야 한다는 것을 알지만, 가끔 운동하기 싫은 날도 있습니다.

그럴 때면 피트니스 센터 원장님의 말을 떠올리며 다시 마음을 다잡
곤 합니다.

"남는 시간에 운동하는 게 아니라,

운동하고 남는 시간에 일상생활 하는 겁니다."

스트레스는
반품하겠습니다

만나는 친구에 따라 대화 주제에 조금씩 차이가 있습니다.

주로 가십거리를 가볍게 나누는 친구가 있고, 서로의 직장 얘기 위주로 하는 친구도 있습니다. 어떤 친구와는 연애 이야기를, 또 다른 친구와는 재테크 정보 공유를 많이 하는 편이고요.

친구 U와는 뭐라 규정하기 어려운데… 굳이 말하자면 세상 쓸데없는 이야기를 진지하게 하는 사이랄까요. 남들이 들으면 무슨 헛소리냐 할 만한 아무말 대잔치를 심각하게 나누곤 합니다. 그러다가 한 주제에 꽂히면 그 주제에 대해 파고드는 걸 좋아하고요. 언젠가는 서로 다른 의견에 논문까지 찾아볼 정도로 열성적이었던 적도 있습니다. 나름의 생각을 정리한 후에는 결론을 내렸다며 뿌듯해했고요.

그날도 U와 쓸데없지만 진지한 대화를 이어가고 있었습니다. 화두는 스트레스였습니다. 이야기의 물꼬는 제가 텄던 걸로 기억합니다.

나 어제 보고서 반려 당하고 기분이 너무 별로인 거야. 다시 결재 받을 생각하니까 한숨이 절로 나오더라. 만땅 받은 스트레스 풀려고 커피 진하게 타서 자리에 앉았어. 그때 후배도 팀장한테 엄청 깨지고 자리로 왔지. 근데 꽤 심하게 깨진 것 같은데 별 타격이 없는 거야. 괜찮냐고 물었더니, 자긴 스트레스 안 받는 편이라 괜찮다고, 다시 결재 올리면 된다고 하더라고.

U 그래? 그 후배는 스트레스 잘 안 받는 타입인가 보지.

나 응, 근데 순간적으로 '안 받는다'라는 말에 꽂히더라. 같은 상황에서 나는 스트레스 엄청 받았는데, 후배는 안 받을 수가 있구나, 신기했어. 스트레스를 약간 물건처럼 취급하는 느낌이 들었달까. 생각해봐, 택배 배달이 왔어. 근데 나는 풀어볼 생각이 없는 거야. 발신인이 맘에 안 드는 거지. 혹은 원치 않는 물건이 왔거나. 그때 반품해버린다고 생각하잖아? 스트레스도 그렇게 다룰 수 있지 않을까 싶더라고.

U 아, 팀장이 준 갈굼 택배를 넌 고스란히 받아들인 거고, 후배는 반품했단 거지?

나 맞아, 근데 우리는 보통 스트레스 받고 어떻게 해소할까 생각하지, 받지 않을 생각 자체는 못 하는 경우가 많으니까. 스트레스도 물건처럼 받기 싫으면 안 받을 수 있단 생각을 왜 못 했을까 싶더라. 왜 '받다'에도 여러 가지 뜻이 있잖아. '스트레스를 받다'에서의 '받다'는 '물건을 받다'에서의 '받다'와 다르게, 어쩔 수 없이 상대나 상황에 당하는 느낌이란 거지. 내 능동성이 개입될 여지가 없다고 생각했어.

U 근데 말이 쉽지, 오는 스트레스를 어떻게 안 받지? 내가 결정할 수 있는 부분이 아니잖아.

나 그 결정할 수 없다는 생각 때문에 더 스트레스 받았던 것 같아. 생각해보면 어제도 스트레스 받았던 게, 보고서 어떻게 다시 쓸지 막막해서 그랬던 거거든. 근데 후배는 어떻게든 다시 할 수 있다고 생각하니까 스트레스를 안 받았던 거야. 문제를 어떻게 해결할지에 집중했던 거지. 충분히 본인이 상황을 컨트롤할 수 있다고 느꼈던 거고. 나는 해결할 생각보다는 일단 그 상황 자체에 매몰 됐었어. 내가 상황을 통제할 수 없다고 생각하니까 더 스트레스를 받았지.

U 잠깐만, 나 예전에 어디서 비슷한 말을 들었던 것 같은데, 구글링 좀 해볼게. (검색) 아, 여기 있다. '스트레스는 내가 컨트롤 할 수 없다고 생각하는 순간 찾아오는 것이다', 맞네!

나 응, 해결 할 수 있는 범위 내에 있다고 생각하면 스트레스를 좀 덜 받는 거 같아. 근데 사람들은 보통 상황이나 문제를 어떻게 컨트롤 할 수 있을까(어떻게 스트레스를 안 받을까) 보다는, 이미 받은 스트레스를 어떻게 해소할지에 더 집중하는 경우가 많으니까.

U 그래, 나도 스트레스 받으면 술 겁나 마시거나 운동으로 풀 생각했지, 스트레스 자체를 안 받을 수 있다는 생각은 못 했던 것 같네.

나 스트레스를 주는 건 그의 자유지만, 받는 건 내 자유라는 거지. 반품해버리거나!

U 싫으면 거부권을 행사할 수도 있고! 스트레스는 반품합니다, 이거 은근히 괜찮은데?

U와 세상 대단한 발견을 한 것 마냥 낄낄대며 웃었습니다. 그 소리에 엎드려있던 다른 친구가 부스스 일어나 고개를 젓더니 말했습니다. "참 피곤하게 산다. 너희 때문에 내가 스트레스 받는다. 정말!"

당연하지 않은 오늘

직장에 다니다 보면 매일 단조로운 일상이 반복됩니다. 아침 일찍 일어나 출근하고, 정신없이 일하다가 점심을 먹습니다. 남은 업무를 바삐 처리하다 보면 어느새 퇴근을 훌쩍 넘긴 시간, 지칠 대로 지친 몸을 만원 버스에 싣고 집에 돌아옵니다. 대충 늦은 저녁을 차려 먹은 뒤 쓰러지듯 잠들고, 번뜩 깨어보면 다시 출근 시간인 날들의 연속이죠. 이렇게 반복된 하루를 보내다 보면 내게 주어진 삶이 특별하지 않고 당연하게 느껴집니다. 그렇게 점점 일상에 무뎌지려 할 때, 떠올리는 어느 하루가 있습니다.

고등학생 시절, 코끝이 시린 어느 날이었습니다. 평소 입던 경량 패딩 대신 두툼한 후드 집업을 챙겨 입고 집을 나섰지요. 학원에서 시험 대비 수업을 들은 뒤 집에 돌아오는 버스를 탔습니다. 휴일이라 버스 안은 한산했습니다. 적당한 곳에 자리를 잡고 창밖을 바라봤습니다. 머릿속에는 온통 집에 가서 해야 할 숙제 걱정뿐이었습니다.

몇 정거장쯤 지나 내려야 할 정류장이 다가왔고, 벨을 누른 뒤 하차 문

곁에 섰습니다. 문 바로 옆에는 이어폰을 낀 남자가 앉아있었습니다. 그는 봉(버스 하차 계단 앞 손잡이 기둥) 위에 발을 걸치고는, 까닥거리며 리듬을 타고 있었죠.

끼익. 버스는 정류장에 정차했고, 별생각 없이 아래로 발을 내디뎠습니다. 마지막 계단까지 내려와 땅을 밟은 순간이었습니다. 몸이 앞으로 나가질 않았습니다. 이상함에 뒤를 돌아보자, 입고 있던 후드 집업 끈이 문 사이로 대롱대롱 매달려 있는 게 보였습니다. 문 앞에 앉아있던 남자의 발과 손잡이 봉 틈 사이로, 끈이 말려 들어간 것이었지요. 그는 끈을 밟은 걸 모르는지, 눈을 감고 음악에 심취해있었습니다. 버스 문이 닫힐세라 얼른 손을 집어넣었습니다. 끈을 잡고 팔을 빼내려는 순간, 그만 문이 닫혔습니다. 미처 팔을 빼지 못한 채 버스에는 다시 시동이 걸렸습니다. 있는 힘껏 팔을 꺼내 보려 했지만 역부족이었습니다. 당황스러워 어어, 하던 찰나, 버스는 천천히 움직이기 시작했습니다. 팔이 문에 끼인 상태로, 버스와 함께 달리기 시작했지요. 그 순간이 슬로우 모션처럼 길게 느껴졌습니다. '나 이제 어떻게 되는 거지. 죽는 건가?' 온갖 생각이 스쳐 지나갔습니다. 버스는 점점 가속도를 붙여 갔습니다.

그때 버스 안 아주머니의 다급한 외침,

"뒷문에 사람 팔 끼었어요!!"

그 소리에 끼이이익. 기사님이 브레이크를 확 밟았고 버스는 급정차했습니다. 본격적으로 속도를 내기 직전에 멈춘 덕에 다행히 넘어지지 않았습니다. 팔도 무사히 빼낼 수 있었고요.

괜찮으냐는 흔한 말없이 버스는 그냥 떠났고(기사님은 책임질 일이 생길까 두려웠던 것 같습니다), 경황이 없어 반쯤은 넋이 나간 상태로 터덜터덜

집에 왔습니다.

그날따라 두툼한 겉옷을 입고 있어 팔을 다치지 않은 점, 아주머니가 늦지 않게 발견해준 점, 버스가 본격적으로 속도 내기 전에 정차했다는 점, 이 중 하나라도 어긋났다면 어떻게 되었을지… 상상만 해도 아찔합니다.

그날 이후로 인생은 한 치 앞을 모른다고 생각하게 되었습니다. 당일 집에서 나설 때 버스에 팔이 끼일 거라고 예상하지 못했듯 말이죠.

내일은 누구도 장담할 수 없습니다. 그런데도 마치 영원히 살 것처럼 행동할 때가 있습니다. 오지 않은 일을 생각하고 고민하느라 현재의 소중함을 망각하곤 하지요. 현재에는 미래를 생각하고, 미래에는 또 그다음 미래를 생각하느라 정작 현재를 살지 못합니다.

주어진 삶이 당연한 것이 아님을 알게 되는 순간, 지금의 소중함과 찬란함을 느끼게 됩니다. 스쳐 지나는 일들도 유심히 들여다보게 되지요. 거리에 피어있는 꽃을 그냥 지나치면 평범한 일상이지만, '이렇게 예쁜 꽃을 볼 수 있다니'라고 생각해보면 지금 누리는 것이 새삼 특별해집니다.

Ⓗ

출근할 직장이 있다는 것.
눈부신 하늘을 볼 수 있다는 것.
향긋한 커피를 마실 수 있다는 것.
북적거리는 거리를 걸을 수 있다는 것.
그리고 이 모든 게 당연한 일이 아니라는 사실.

여기, 기적이 하나도 없다고 생각하는 삶과,

매 순간이 기적이라고 생각하는 삶이 있습니다.

이미 알고 있듯,

선택은 결국 내 몫입니다.

처음은
서툴고
어렵습니다

　몇 년 전 시사경제 라디오 프로그램에서 섭외 요청을 받았습니다. 직장에서 운영하는 사업을 소개하는 자리였지요. 다행히 스튜디오 생방송은 아니었지만, 라디오 녹음은 생전 처음인지라 걱정이 되더군요. 예상 질문 리스트를 미리 전달해준다는 말에도 불안감은 쉬이 가시지 않았습니다.

　얼마 뒤 방송사에서 보내준 질문은 열 개 정도였습니다. 쉽게 답할 수 있는 것도 있었지만 다소 생각이 필요한 질문들도 있었지요. 막상 목소리가 전국에 퍼져나간다고 생각하니 대충 할 수는 없었습니다. 고민하여 답변을 작성하고 연습에 돌입했습니다. 목표는 최대한 자연스럽게 말하기였습니다. 어떤 단어를 써야 할지, 목소리 톤은 자연스러운지, 말이 너무 빠르지는 않은지 세심하게 체크했습니다. 실제처럼 연출해보라는 동료의 팁에, 목소리를 녹음해서 들어보기도 했습니다. 기기로 흘러나오는 음성이 얼마나 낯선지, 내 목소리가 아닌 것 같았습니다. 이 목소리가 전국에 송출된다니 얼굴이 벌써부터 화끈거렸습니다. 여러 번 해보면 좀 나아질까하여 다시 녹음해보고, 파일을 들어본 뒤에 또 다시 녹음하는, 연습의 무한반복이 이어졌습니다.

시간은 생각보다 빠르게 흘러 녹음 당일이 되었습니다. 방송사 리포터는 혼자 녹음기를 들고서 방문했습니다. 미리 마련된 회의실에 들어가 리포터와 마주 앉았습니다. 산달이 얼마 안 남은 듯 배가 불룩했던 그녀는, 눈꼬리가 휘게 웃으며 경직된 제 모습을 풀어주려 연신 노력했습니다. 별다른 신호 없이 자연스럽게 인터뷰가 시작되었고, 예상보다 빠르게 녹음이 끝났습니다. 벌써 끝난 거냐며 당황하는 제 모습에, 리포터는 다시 반달 웃음을 지으며 잘 끝났다고 하더군요.

녹음의 기억이 흐릿해질 쯤, 대망의 방송일이 되었습니다. 평일 낮 시간대라 들을 사람도 많지 않을 텐데, 괜히 아침부터 가슴이 두근거렸습니다. 동료들과 둘러앉아 방송을 켰습니다. 오프닝 시그널 음악이 흘러나오고 DJ의 멘트와 코너 소개가 이어진 후, 그날의 리포터 목소리가 들려왔습니다. 곧이어 들리는 내 목소리. 아…… 역시 부끄럽고 민망했습니다. 어디 숨고 싶은 마음뿐이었죠. 신기하다고 깔깔대며 웃고 떠드는 동료들 사이에서, 저는 세상 심각하게 모니터링을 했습니다. 역시나 중간중간 마음에 들지 않는 부분이 있었습니다. 더듬대는 부분, 긴장하여 빨라진 말 속도, 생각보다 높은 톤으로 나가버린 음성 등, 베테랑이었던 리포터에 비해 목소리 톤부터 단어 선택까지, 영 마음에 들지 않았습니다.

'아… 망했어…… 왜 이것밖에 못 했을까?'

더 잘하고 싶은 마음과 준비보다 못한 결과물 사이로 속상함이 밀려들어왔습니다. 동료들은 괜찮다고, 이 정도면 선방한 거라며 위로했지만, 크게 위안이 되지는 않았습니다.

왠지 모를 허탈함에 자리에 앉아 속을 달래고 있는데, 얼마 전 입사한 신입이 다가왔습니다. 작성한 보고서 피드백을 요청하더군요. 수정과 보완이 필요한 부분을 체크한 뒤에 보고서를 돌려주었습니다. 그런데 문득 보고서를 받아드는 신입의 모습에서, 예전의 내 모습이 겹쳐보였습니다.

만약 신입 시절에 라디오 출연 미션을 받았다면 어땠을까 생각해 보았습니다. 지금은 '녹음'만 주로 신경 썼다면 그때는 그 외 모든 것들이 도전이었을 겁니다. 방송 주제와 일정은 어떻게 협의하고 조율해야 할지, 내부 보고 자료는 어떻게 만들어야 할지 등등, 과정 하나하나가 순탄치 않았을 거고요. 그사이 쌓인 경험으로 나도 모르게 익숙해진 일들이었습니다.

라디오 '녹음' 역시 마찬가지라는 생각이 들었습니다. 이번엔 서툴렀지만, 다음에 녹음할 일이 생긴다면 처음보다는 나을 겁니다. 그다음은 조금 더 나아지겠지요. 회가 거듭될수록 서서히 괜찮아질 겁니다. 그리고 나중에는 어려워했다는 사실조차 잊을지도 모릅니다.

Ⓗ

처음은 언제나 쉽지 않습니다. 방송을 함께 들은 동료들이 괜찮다고 느꼈던 건, 그동안 포장 스킬이 꽤 늘었기 때문입니다. 예전에는 누가 봐도 티나게 덜덜 떨었다면, 이제는 떨지언정 겉으로는 태연자약해 보이도록 행동합니다. 괜찮은 척 별일 아닌 척 보이려고 연기하는 거죠. 하지만 티가 안 난다고 해서 힘들지 않은 건 아닙니다. 연차가 쌓이고 직급이 올라간다고 모든 게 익숙해지는 것도 아니고요. 아마도 직장에서 무엇이든 척척 해내는 선배도, 높게만 느껴지는 상사도, 그들 나름대로 새로이 맞닥뜨린 일에 고군분투하고 있을 겁니다.

인생 역시 마찬가지입니다. 살아가며 처음 마주하는 상황은 끊임없이 일어납니다.

학창 시절 '친구 생일 선물은 무얼 해줄까?'라는 고민은 '친구 결혼에 무얼 해줄까?'로, '어버이날을 어떻게 보낼까?'라는 고민은 '부모님 환갑은 어떻게 치러야 하나?'로, 비슷한 형태의 고민이 계속해서 밀려듭니다. 마치 새로운 일인 것처럼, 고민거리는 매번 다른 탈을 쓰고 등장합니다.

인생의 어느 시기마다 처음 겪는 일은 늘 있습니다. 입학하면 학교생활이, 졸업하면 취준생활이, 입사하면 직장생활이, 초반에는 익숙지 않은지라 매 순간 모든 것들이 어렵고 힘듭니다.

인간관계는 또 어떤가요. 확장되는 범위에 따라 각종 새로운 일들이 생겨납니다. 직장에서 마주하는 사람들, 각종 모임에서 만나는 인연들, 연애나 결혼으로 맺어지는 다양한 주변 관계들, 그리고 그사이 벌어지는 일들을 어떻게 해결해야 할지, 걱정거리는 잊을 만하면 한 번씩 떠오르곤 합니다.

여전히 헤매고 방황하는 지금,
스스로가 답답하게 느껴지나요?

서툴고 어려운 게 당연합니다.
당신에게 오늘은 '처음'이므로.

'나'를 중심에 두며 살고 있나요?

스물보다 서른에 더 가까울 무렵, 몸 상태가 좋지 않았습니다.

두통, 흉통, 메스꺼움, 복통, 관절통 등 나열하기 어려울 정도로 많은 증상을 겪고 있었지요. 이유 없이 계속되던 통증은 나아질 기미가 보이지 않았고, 고통스러움에 잠들기 힘든 나날이 이어졌습니다. 아픈 부위별로 진찰받거나 약을 처방받기도 했지만, 쉽사리 호전되지 않았습니다. 단순히 시간이 해결해주겠거니 버틴 것도 수개월, 도리어 증상은 심해졌습니다. 더는 지체하면 안될 것 같아 종합 검진을 받았지요.

검사 결과를 기다리며 초조한 시간을 보내고, 결과 설명을 들으러 간 자리에서였습니다. 의사 선생님은 연신 흘러내리는 안경을 치켜세우며 고개를 갸우뚱했습니다.

"음…… 딱히 결과지 상으로는 특별한 점이 있지 않은데요. 본인이 느끼는 이상 증세가 많으시네요? 혹시 최근에 스트레스가 심하신가요? 좀 더 살펴봐야겠지만 '신체화 장애'가 의심됩니다."

신체화 장애...? 생전 듣도 보도 못한 낯선 병명에 사고회로가 정지하는 느낌이었습니다. 선생님은 벙찐 제 표정에 친절히 설명을 덧붙였습니다. 별다른 내과적 원인이 없는데도 신체적 이상을 호소하는 상태를 신체화 장애 증상으로 본다고요. 느끼는 고통이 마음이 만들어낸 것일 수 있다는 겁니다. 쉽게 말해 당사자는 괴롭지만, 타인으로서는 꾀병이라는 거지요.

"너무 스트레스 받지 말고, 취미생활도 좀 하고! 심각하지 않게 지내려 노력해보세요"라는 말을 마지막으로, 병원 문을 나섰습니다. 다리에 힘이 풀려 근처 벤치에 털썩 주저앉았지요.

스트레스가 많은 시기이긴 했습니다. 직장을 퇴사해야 하나 말아야 하나 갈림길에 있었거든요. 거기에다 부모님과의 마찰도 간간이 있었으며, 잘 만나던 연인과의 이별까지, 한 마디로 나를 둘러싼 모든 것들이 총체적 난국이었습니다. 그렇다고 해도 이렇게 정신적인 문제까지 생길 정도로 심각한 상태라니, 어디서부터 잘못된 건지 되짚어보지 않을 수가 없었죠.

당시 저는 모든 중심을 외부에 두고 있었습니다. 오로지 직장, 연인, 친구, 가족 등 주변이 중심인 생활을 반복했습니다. 혹시나 일을 잘못 처리할까 봐, 상대와의 관계가 틀어질까 봐, 가족이 실망할까 봐 걱정되어 과도하게 외부적 요인들을 신경 썼습니다. 내가 어찌할 수 없는 것들을 생각하느라 정작 중요한 나를 우선에 두지 못했습니다.

돌이켜보면 그럴 필요가 없었습니다. 내가 직장을 생각하는 것만큼 직장은 날 생각해주지 않았습니다. 굳이 날 책임져주지도 않을 조직에 몸 바쳐 충성할 이유가 없었죠. 일도 가족도 연인도, 내가 바로 서지 않으면 무용지물이었습니다. 일보다 중요한 건 내게 집중하는 것, 타인보다는 나를 우선한 결정이 필요하다는 것, 나를 사랑해야 상대도 사랑할 수 있다는 것, 그러므로 가장 중요한 건 결국 나를 중심에 두고 살아야 하는 것임을 잊고 지냈습니다.

그때는 왜 그리 모든 고민을 짊어지고 심각했을까 싶습니다.
지나고 보니 별일 아닌 것을,
좀 더 즐기며 살지 못했는지 아쉬움도 들고요.

열심히 하고 싶은 마음에 다 끌어안고 힘들어했던 내게,
그리고 당신에게 이 말을 꼭 전하고 싶습니다.

매일이 힘들고 괴로운 당신,
세상에 당신보다 중요한 일은 없습니다.

당신은 지금, '나'를 중심에 두며 살고 있나요?

회사는 나를
책임져주지 않습니다

초판 1쇄 펴낸 날 | 2023년 2월 24일

지은이 | 흔희
펴낸이 | 홍정우
펴낸곳 | 브레인스토어

책임편집 | 김다니엘
편집진행 | 차종문, 박혜림
디자인 | 이예슬
마케팅 | 방경희

주소 | (04035) 서울특별시 마포구 양화로 7안길 31(서교동, 1층)
전화 | (02)3275-2915~7
팩스 | (02)3275-2918
이메일 | brainstore@chol.com
블로그 | https://blog.naver.com/brain_store
페이스북 | http://www.facebook.com/brainstorebooks
인스타그램 | https://instagram.com/brainstore_publishing

등록 | 2007년 11월 30일(제313-2007-000238호)

© 브레인스토어, 흔희, 2023
ISBN 979-11-6978-004-9 (03810)

* 이 책은 저작권법에 따라 보호받는 저작물이므로 무단전재와 무단복제를 금하며, 이 책 내용의
  전부 또는 일부를 이용하려면 반드시 저작권자와 브레인스토어의 서면 동의를 받아야 합니다.